溺《おぼ》れながら、蹴《け》りつけろ

KICKING WHILE DROWNING

水瀬さら

Sara Minase

PHP

kicking while drowning

たとえあたしの嘘《うそ》で、
誰《だれ》かが傷《きず》ついたとしても。
あたしは今日も嘘《うそ》をつく。

この息苦しい水槽《すいそう》のなか、
溺《おぼ》れないよう、沈《しず》まないよう。
だけどみんなそうでしょう？

空気の足りない教室に、
無理やり押《お》し込《こ》められて。

清く美しく泳げるひとなんて、
いるわけがないのだから。

CONTENTS

KICKING WHILE DROWNING

第1章 嘘《うそ》だらけの水槽《すいそう》

「えー！　マジで？　サイアク！」

教室中に響《ひび》きわたる高い声。

小さな紙切れを握《にぎ》りしめていたあたしは、空想の世界から、ずりっと現実《げんじつ》に引《ひ》き戻《もど》された。

午後の日差しが差《さ》し込《こ》む、にぎやかなホームルームの時間。黒板の前でくじを引いた生徒たちが、仲のよい友だち同士《どうし》で集まっている。

あたしもいつものメンバーの後ろに立ち、息をひそめて様子をうかがう。

「図書委員なんかやりたくなーい！」

「あはは、がんばれー、瑞穂《みずほ》」

「あんたらねー、他人事《ひとごと》だと思ってるでしょー！」

「そんなこと思ってないって」

このグループの中心にいるのは瑞穂《みずほ》だ。彼女《かのじょ》のまわりの女の子たちが、白紙の紙切れを、ほっとしたように見せ合っている。

むすっと顔をしかめた瑞穂《みずほ》の紙にだけ、「図書委員」という文字。

あたしは自分の持っている真っ白な紙を、手のなかでぎゅっと握《にぎ》りつぶした。

「じゃあ図書委員は、世良瑞穂《せらみずほ》さんに決定ってことで」

黒板の前に立っているクラス委員が言う。教室内が、安堵《あんど》の空気に包まれていくのがわかる。けれど瑞穂《みずほ》は、大げさに首を振《ふ》って反論《はんろん》した。

「ちょっと待って！　ぜったいあたしより適任《てきにん》のひとがいるはず！」

「えっ、瑞穂《みずほ》？」

「平等にくじ引きで決めることになったんじゃ……」

まわりの子たちが戸惑《とまど》い、ぽつぽつと文句《もんく》を言いはじめる。だけど本気で怒《おこ》っているわけではない。

中一からメンバーの変わらないこの二年二組で、瑞穂《みずほ》に反論《はんろん》できる子なんていないのだ。

ここはみんなに合わせておこうと、あたしも口を開こうとしたそのとき――振《ふ》り向《む》いた瑞穂《みずほ》と目が合った。

瞬間《しゅんかん》、小さく心臓《しんぞう》が跳《は》ねる。

「ねえ、うららん？」

瑞穂《みずほ》の甘《あま》ったるい声が、制服《せいふく》の上からあたしの肌《はだ》を、すうっとなでた。

あたしは瑞穂《みずほ》の後ろに突《つ》っ立《た》ったまま、ごくんと唾《つば》を飲み、ぎこちなく微笑《ほほえ》む。

「なぁに？　瑞穂《みずほ》」

すると瑞穂《みずほ》は、少し肩《かた》をすくめ、あたしの前で両手をパチンッと合わせた。瑞《みず》穂《ほ》がひとになにかを頼《たの》むときの、小学生のころから変わらないお決まりのポーズ。

ほら、思っていたとおりだ。

「うららん、お願い！　あたしの代わりに、図書委員やってくれない？」

あたしは黙《だま》って瑞穂《みずほ》を見つめる。胸《むね》の奥《おく》から、もやもやした気持ちが湧《わ》き上《あ》がってくる。

まわりの女の子たちが「瑞穂《みずほ》、ずるいよー」「うららん、かわいそー」なんて言っているけれど、内心どちらでもいいのだろう。

みんなは自分さえ当たらなければ、誰《だれ》が面倒《めんどう》な役になろうと関係ないのだ。

「ねっ、ねっ、うららん、お願い！」

瑞穂《みずほ》が手を合わせたまま、ちょっと首をかしげて、あたしに笑いかける。

大きな瞳《ひとみ》に長いまつげ。ふんわりと巻《ま》いた髪《かみ》を高い位置でポニーテールにし、お気に入りのシュシュをつけている瑞穂《みずほ》。唇《くちびる》にこっそり塗《ぬ》っているのは、校則違《こうそくい》反《はん》の色つきリップだ。

瑞穂《みずほ》はどんな表情《ひょうじょう》をすれば、自分がさらにかわいく見えるかって、ちゃんと知っている。そして、あたしみたいな、地味で平凡《へいぼん》な子より、自分のほうがずっとかわいいと思っている。

「だってうららん、国語得意《とくい》でしょ？　あたしなんかよりずーっと、うららんのほうが適任《てきにん》だと思うんだよねー」

力を込《こ》めて言ってから、瑞穂《みずほ》はポニーテールを揺《ゆ》らして、まわりのみんなをぐるりと見まわした。

一瞬《いっしゅん》の沈黙《ちんもく》。そのあと、女の子たちが口をそろえる。

「そうかもねー。うららん、読書感想文も上手《うま》かったし」

「うんうん。うららんが適任《てきにん》だよ！」

瑞穂《みずほ》の後ろでおまけみたいに突《つ》っ立《た》っていたあたしに、突然《とつぜん》たくさんの視線《しせん》が集まった。なかには、ちょっぴりあたしを憐《あわ》れんでいる視線《しせん》も混《ま》ざっているけど、こんな場面で反対意見なんて言えるわけがない。

そのなかで一番強い視線《しせん》を送ってくるのは、このグループの、いやこのクラスの絶対的《ぜったいてき》リーダー、瑞穂《みずほ》だ。

「えー、でも、あたしなんか……」

苦笑いしながら出したあたしの声に、瑞穂《みずほ》が言葉を重ねてくる。

「そういえばさ、うららん小学校のときも、図書委員やってなかったっけ？」

「あれはクラスの図書係だよ。委員会とは違《ちが》うから……」

「大丈夫《だいじょうぶ》、大丈夫《だいじょうぶ》！　うららんならできるって！」

瑞穂《みずほ》があたしの両手を握《にぎ》った。そしてその手にぐっと力を込《こ》める。

「ねっ、うららん！　一生のお願い！」

瑞穂《みずほ》は知っている。あたしがそれを断《ことわ》れないこと。

「あー、むかつく！」

家に帰ったあたしは、手に持っていたお菓子《かし》を、自分の部屋のベッドに放り投げた。

放課後、瑞穂《みずほ》がにこにこしながら、「図書委員代わってくれたお礼」とあたしにくれた、一個《こ》二十円のチョコだ。

「瑞穂《みずほ》ってば！　いっつも偉《えら》そうに！」

小学生のころから、瑞穂《みずほ》はあたしよりテストの点数が低くて、中二になったいまだって、クラスのなかで下から数えたほうが早い。

だけど顔がかわいくて、コミュ力が高くて、流行に敏感《びんかん》なため、彼女《かのじょ》はいわゆる「一軍女子」なのだ。

そんな瑞穂《みずほ》の好きなものは、かわいい雑貨《ざっか》、ノリの良い女子、メイクやヘアアレンジ、あまーいパフェ……嫌《きら》いなものは、ノリの悪い女子、勉強ができる子……だからテストで高得点《こうとくてん》を取った子に対して、「勉強ばっかりしてて、なにが楽しいんだろうね？」なんて言っていたこともある。

あたしは内心「勉強がんばってる子のこと、そんなふうに言わなくてもいいのに」って思ったけど……。

でも瑞穂《みずほ》に逆《さか》らうと、あの教室では生きづらくなる。それをまわりのみんなもわかっているから、瑞穂《みずほ》に合わせる。

あたしだって……「ありがとう。あたしこれ、大好きなんだ」なんてへらへら笑って、瑞穂《みずほ》からチョコを受け取っているし。

ため息をひとつつき、壁《かべ》にかかった鏡を見る。そこには冴《さ》えない表情《ひょうじょう》をした、自分の顔が映《うつ》っている。

肩《かた》のあたりで跳《は》ねている、まとまりにくい黒い髪《かみ》。特徴《とくちょう》のない地味な顔立ち。大嫌《だいきら》いなほっぺたのそばかす。

もしあたしが瑞穂《みずほ》みたいにかわいかったら、言い返すことができただろうか。

「瑞穂《みずほ》が当たったんだから、瑞穂《みずほ》がやって」と、はっきり言えただろうか。

そんなことを考えて、ぷるぷるっと首を振《ふ》る。

「あー、もう！」

あたしは部屋に置いてあったスマホを手に取ると、制服《せいふく》のままベッドにダイブした。そしてうつぶせでスマホを操作《そうさ》し、いつもの画面を開く。

小説投稿《とうこう》サイト。

ログインすると、今日もたくさんのコメントが目に飛《と》び込《こ》んできた。

『いつも更新《こうしん》ありがとうございます！　今回もめっちゃ泣けました！』

『URARAさんのお話だいすきです。続きも楽しみにしています』

『すばらしい展開《てんかい》！　ぐっときました！　感動です！』

あたしは口元をゆるめる。さっきまでのもやもやが、すうっと晴れていく。

いい気分。サイコーだ。

にやにやしながら、たくさんの褒《ほ》め言葉《ことば》を確認《かくにん》したあと、トップページへ移動《いどう》する。

今日の小説ランキング。『URARA』の小説は、総合《そうごう》五位にランクインされていた。

「あははっ」

足をバタバタさせてから、スマホを持ったまま、ごろんっとあおむけに転がる。

「どうよ、瑞穂《みずほ》」

天井《てんじょう》に向かってつぶやく。

「あんなちっぽけな教室のなかでマウント取ってる瑞穂《みずほ》より、こっちのほうがずっとずっとすごいんだから」

人気ウェブ小説家『URARA』。この投稿《とうこう》サイトで「泣ける小説」を書いている、ちょっと謎《なぞ》めいた人物。本名はもちろん、年齢《ねんれい》、性別《せいべつ》、住んでいる場所、学生なのか社会人なのか……すべて不明。

『URARA』の投稿《とうこう》する小説は「ぜったい泣ける！」「100パーセント涙《なみだ》！」と評判《ひょうばん》で、たくさんの熱狂的《ねっきょうてき》ファンが応援《おうえん》してくれている。

ランキングは常《つね》に上位。フォロワーは二千人超《ご》え。更新《こうしん》するたびに、返事がしきれないほどの感想コメントが送られてくる。このサイトでは、ちょっとした有名人なのだ。

そしてその『URARA』が、ここにいる『高月麗《たかつきうらら》』だってことは、誰《だれ》も知らない。

あたしはスマホの画面を見つめたあと、のっそりと体を起こす。ベッドの上に、瑞穂《みずほ》にもらったチョコが転がっている。

ううん、違《ちが》う。

ふと、頭のなかに、雨の降《ふ》っていた放課後の教室が浮《う》かんできた。

『URARA』があたしだって知っている人間は、この世界にたったひとりだけいる。

＊＊＊

「あー、そこ、知ってる！　公園のそばに新しくできたカフェでしょ？」

「うん。パフェがでかくて、めっちゃおいしいんだって」

「マジで？　行きたい！　行こうよ、今日！」

あたしたちの放課後の予定は、いつも瑞穂《みずほ》のひと言で決まる。ひとの都合なんておかまいなしだ。

「じゃあ家に帰って着替《きが》えたら、公園の前に集合！　決まりね！」

瑞穂《みずほ》の声にまわりのみんながうなずく。

どうやら今日はパフェを食べに行くらしい。誰《だれ》も反対する子なんていない。

「うららんも行くでしょ？」

グループの後ろに立って、他人事《ひとごと》のように聞いていたあたしに、瑞穂《みずほ》が声をかけてきた。

あたしはちょっと残念そうな表情《ひょうじょう》を作って、瑞穂《みずほ》に答える。

「ごめん。あたし今日、図書委員会なんだ」

「あ、そうだっけ。悪いねー、うららん。今度うららんが掃除《そうじ》当番の日、あたしが代わるからさー」

瑞穂《みずほ》があたしの両手をぎゅっと握《にぎ》る。これは謝《あやま》るときの、お決まりポーズ。掃《そう》除《じ》当番なんか、代わるつもりもないくせに。

瑞穂《みずほ》はすぐに手を離《はな》すと、もうあたしのことなんてどうでもいいように、背中《せなか》を向けた。目の前でシュシュのついたポニーテールが、ふわんっと揺《ゆ》れる。

「んじゃ、行こう！　パフェ、パフェ」

「瑞穂《みずほ》、あんたどんだけパフェ好きなのよ」

「えー、だってでかくてめっちゃおいしいんでしょ？　もう行くしかないじゃん！」

瑞穂《みずほ》をはじめ、みんながけらけら笑いながら、教室を出ていく。何人かの子がちょっと気まずそうに「うららん、ばいばい」と言ってくれる。

あたしは偽物《にせもの》の笑顔《えがお》で、みんなに手を振《ふ》る。

「ばいばい。いってらっしゃい」と。


あー、もう、イライラする。

なにがパフェよ。なにが「あ、そうだっけ。悪いねー」よ。

図書室の席に座《すわ》って、広げたノートにシャーペンの芯《しん》を突《つ》き立てる。

なんであたしが図書委員なんてやらなきゃいけないの？　くじ引きで決まったのは瑞穂《みずほ》じゃん！

それを言えないあたしは、突《つ》き立てたシャーペンに力を込《こ》める。ポキンと細くて脆《もろ》い芯《しん》が折れ、ノートの上で跳《は》ねた。

「それでは第一回図書委員会をはじめます」

前に立った三年生がみんなに言った。ざわついていた室内が静まり返る。

だけど――あたしはカチカチとシャーペンの芯《しん》を出しながら考えた。

いつものように瑞穂《みずほ》たちの後ろをおまけみたいについていって、食べたくもないパフェを食べて、つまらないのにへらへら笑っているよりは、ここにいるほうがましかもしれない。

あたしはぐるりとまわりを見わたす。中学校の図書室は、小学校の図書室よりずっと広い。小説はもちろん、漫画《まんが》や雑誌《ざっし》まで置いてある。

たくさんの本に囲《かこ》まれるのは、悪くないな。

休み時間や放課後は、いつも瑞穂《みずほ》たちとおしゃべりしていて、いままで図書室に来ることはなかった。

でもこれからは、気軽に本を読んだり借りたりできるかも。

面倒《めんどう》だと思っていた委員会を、ちょっといいかもと思いはじめたとき、その声が聞こえた。

「遅《おく》れてすみません」

低い声とともにカラリとドアが開く。あたしはなにげなくそちらを向き、背中《せなか》を丸めた男子生徒の姿《すがた》を見た。

ポキン。ノートに突《つ》き立てたシャーペンの芯《しん》が、再《ふたた》び折れる。

「……嘘《うそ》」

思わず声がもれた。遅《おく》れてきた男子生徒が、静かに図書室に入ってくる。

「澤口《さわぐち》……」

まちがいない。

ノートを脇《わき》に抱《かか》えた、おとなしそうな男子生徒は、あの澤口比呂《さわぐちひろ》に違《ちが》いなかった。


誰《だれ》にも気づかれないよう、あたしは深く息を吸《す》い込《こ》んだ。シャーペンを持つ手が、じんわりと汗《あせ》ばむ。

嘘《うそ》でしょう？　あいつも図書委員だったの？

前より少し髪《かみ》が伸《の》びて、眼鏡《めがね》をかけていないけど……猫背《ねこぜ》な姿勢《しせい》は変わっていない。

澤口《さわぐち》はあたしに気づいていないのか、まっすぐこっちに歩いてきて、あたしの右側の空いている席に腰《こし》かけた。

カタンッと椅子《いす》を引く、小さな音がする。あたしはあわてて下を向き、ノートの上に転がっている折れた芯《しん》を見つめる。

「これで全員そろったね。ではあらためて、第一回の図書委員会をはじめます」

心臓《しんぞう》が、ありえないほど、ドキドキしていた。

話している三年生の声が、耳を素通《すどお》りし、まったく頭に入ってこない。だってまさかこんな状況《じょうきょう》になるなんて……必死になんでもないふりをしていたけれど、あたしは内心パニックになっていた。

「それでは最初に、自己紹介《じこしょうかい》をしてもらおうと思います。ではまず、一年一組の委員さんから……」

正直、委員会なんて、もうどうでもよかった。それよりもあたしの全神経《ぜんしんけい》は、右側の席に集中していた。

ぎゅっとシャーペンを握《にぎ》りしめる。心のなかで、落ち着け落ち着けって、自分に言い聞かせる。

そして覚悟《かくご》を決めて、ほんの少しだけ首を横に動かした。

となりに座《すわ》る、澤口《さわぐち》の横顔。開いたノートに視線《しせん》を落とし、シャーペンでなにかを書《か》き込《こ》んでいる。

　こんなに近くでこの顔を見るのは、いつぶりだろう。

　目にかかるほど、伸《の》びた前髪《まえがみ》。その髪《かみ》は黒く、つやつやしていて、寝《ね》ぐせのねの字もない。

　けだるげな横顔は、どこか大人びて見えて、教室で騒《さわ》いでいるうちのクラスの男子とは、ちょっと違《ちが》う感じがした。

　……なんだか知らないひとみたい。

　あたしは無意識《むいしき》に、自分の髪《かみ》をなでつけていた。なぜだかすごく、肩《かた》の上で跳《は》ねているこの髪《かみ》が恥《は》ずかしかった。

「では次……二年一組の委員さん」

「はい」

　ガタンッと音を立てて、澤口《さわぐち》が立ち上がった。いつの間にか、自己紹介《じこしょうかい》が進んでいたのだ。

　あたしの体がびくっと震《ふる》えて、肘《ひじ》に当たったペンケースが、机《つくえ》から滑《すべ》り落《お》ちる。

　ガシャンッ――

　静かな図書室のなかに、大きな音が響《ひび》き、あたしのシャーペンやマーカーが床《ゆか》に散らばった。まわりの視線《しせん》が一気に、澤口《さわぐち》からあたしに移《うつ》った気がした。

「す、すみませんっ」

椅子《いす》から立ち上がり、あわてて床《ゆか》に落ちたペンを拾う。

もうっ、もうっ、なにやってるの？　あたし！

顔から火が出そうになりながら、拾ったものをペンケースに詰《つ》め込《こ》んでいると、目の前にすっと手が差し出された。

「え……」

あたしのピンクのシャーペンを持つ、男の子の手。

「あっ、えっ？」

思わず顔を上げると、シャーペンを差し出しながら、あたしを見下ろしている澤口《さわぐち》と目が合った。

澤口《さわぐち》は無表情《むひょうじょう》だ。にこりともしない代わりに、怒《おこ》っているふうでもない。

だけどそれが余計《よけい》に、あたしを責《せ》めているみたいに思えてしまう。

長い前髪《まえがみ》からのぞいた、澤口《さわぐち》の瞳《ひとみ》。その瞳《ひとみ》はあいかわらずきれいで、はじめて会話した日を思い出す。

だけどいま、澤口《さわぐち》の目に、あたしはどんなふうに映《うつ》っているんだろう。

想像《そうぞう》したらこわくなって、いますぐここから逃《に》げ出《だ》したくなった。

あたしはとっさに視線《しせん》をそらし、震《ふる》える手でシャーペンを受け取る。

「あ、ありが……」

出そうとした声がかすれていた。澤口《さわぐち》はなにも言わず、体を正面に向ける。そして低い声で、自己紹介《じこしょうかい》をはじめた。

「二年一組の澤口比呂《さわぐちひろ》です」

しゃがんで、うつむいたままのあたしの耳に、その声が聞こえる。

「本を読むのが好きで、図書委員に立候補《りっこうほ》しました。よろしくお願いします」

澤口《さわぐち》に拾ってもらったシャーペンを、ぐっと握《にぎ》りしめる。

本を読むのが好き——澤口《さわぐち》はそう言った。みんなの前で堂々《どうどう》と。

胸《むね》の奥《おく》が、ひりひり痛《いた》む。

あたしの体は氷みたいにつめたく固まって、意識《いしき》だけが二年前の小学六年生にタイムスリップした。

第2章 はじめて知った広い世界

「澤口《さわぐち》って、キモくない？」

あれは、あたしたちが六年生の春。新しいクラスにやっと慣《な》れてきたころの、昼休みの教室でのできごとだった。

男子たちはボールを抱《かか》えて、校庭へ飛び出していってしまい、あたしたち女子はお決まりのメンバーで集まり、おしゃべりをしていた。

窓《まど》からは、午後のあたたかい光が差《さ》し込《こ》んでいて、あたしはみんなの声を聞きながら、「いい天気だなぁ」なんてぼんやり思っていた。

そのとき、グループの中心に座《すわ》っていた瑞穂《みずほ》が、突然《とつぜん》そう言ったのだ。

「え、澤口《さわぐち》？」

聞《き》き慣《な》れない名前に、つい反応《はんのう》してしまったあたしを見て、瑞穂《みずほ》がちょっと口元を引き上げてうなずく。

「そう。澤口《さわぐち》」

あたしは窓際《まどぎわ》の席に座《すわ》っている男の子に視線《しせん》を移《うつ》す。ほとんどの男子が外へ出ていってしまったのに、彼《かれ》は背中《せなか》を丸めて、ひとりで本を読んでいた。

澤口比呂《さわぐちひろ》――黒ぶち眼鏡《めがね》をかけた、見るからに真面目で、おとなしそうな男の子。

友だちと話したり、遊んだりしている姿《すがた》は見たことなくて、いつもひとりで席に座《すわ》って、本を読んでいる。

クラスでの存在感《そんざいかん》は薄《うす》く、あたしは一度もしゃべった記憶《きおく》がない。

だけどキモいなんて思ったことはないし、じつは澤口《さわぐち》の読んでいる本が、少し気になっていた。

「なんで？」

あたしは瑞穂《みずほ》に聞いた。

わからなかったのだ。どうして突然《とつぜん》、瑞穂《みずほ》がそんなセリフを口にしたのか。

瑞穂《みずほ》はゆるく巻《ま》いた毛先を指にからませながら、くすっと笑ってこう答えた。

「だってあいつ、いっつもひとりで本読んでてさぁ。誰《だれ》ともしゃべらないで、いったいなにが楽しいんだろうねぇ？」

瑞穂《みずほ》の声は大きくて、たぶん澤口《さわぐち》にも聞こえていたと思う。でも澤口《さわぐち》の横顔はぴくりとも動かない。

「なんかさー、なに考えてるかわかんないヤツって、キモくない？」

きっと瑞穂《みずほ》も、澤口《さわぐち》に聞こえているって気づいている。いや、聞こえるように言っているのかも。

あたしは澤口《さわぐち》の斜《なな》め前《まえ》の席に視線《しせん》を動かす。あそこの席の主《ぬし》は、一週間前から学校に来ていない。

選ばれてしまったからだ。瑞穂《みずほ》に。

あのときも瑞穂《みずほ》の「あの子、ウザくない？」のひと言からはじまった。

それまでは彼女《かのじょ》のこと、ウザいなんて誰《だれ》も言っていなかったのに。というより、クラス替《が》えしたばかりで、まだクラスメイトのことなんてよくわかっていなかった。

それなのに瑞穂《みずほ》は「あの子」を名指ししたのだ。

だけどそのひと言から、なんとなく彼女《かのじょ》に声をかけたらいけない雰囲気《ふんいき》がクラス中に広がって……そうしてあの子は学校に来なくなっていた。

「うーん、まぁね」

「たしかに」

まわりにいた何人かの女の子が瑞穂《みずほ》に同意した。これで決まりだ。

澤口比呂《さわぐちひろ》は、「キモいヤツ」に決定。

「でしょ？　あいつの声、ぼそぼそしてて全然聞こえないしー」

「この前、表紙に女の子のイラストが描《か》いてある本、読んでたよ」

そう言ったのは、澤口《さわぐち》と席が近い菜摘《なつみ》だ。

菜摘《なつみ》はこのグループのなかで、特に瑞穂《みずほ》と仲がいい。運動神経抜群《しんけいばつぐん》で、ダンススクールに通っている、瑞穂《みずほ》と同じように目立ちたがり屋な子だ。

「え、マジで？　オタクじゃん。キモっ」

瑞穂《みずほ》が大げさに眉《まゆ》をひそめたあと、声を立てて笑った。菜摘《なつみ》やまわりの子も、それに合わせて笑い出す。

あたしも笑った。そして教室のなかでは、ぜったい本を読まないようにしようと誓《ちか》った。だってこんなふうに、あたしの読んでいる本の表紙を見られたら。そして陰《かげ》で「オタクじゃん」なんて笑われたら。恥《は》ずかしくて生きていけない。

あたしたちにとって、「学校」は世界のすべて。だからこの場所で生きづらくなったら、もうおしまいなのだ。

でもそのあと、あたしたちの間で澤口《さわぐち》の話題が出ることはなかった。瑞穂《みずほ》にとって澤口《さわぐち》は、これ以上話題にするほどの人間ではなかったみたいだ。

だからあたしもその日のことは、なんとなく忘《わす》れていた。

ただ澤口《さわぐち》のことを、もっと知りたくなった。

＊＊＊

それから数か月後。その日はしとしとと雨の降《ふ》る寒い日で、小学校の校庭もしんと静まり返っていた。

クラスの図書係だったあたしは、放課後、司書の先生に声をかけられた。

「今日ね、図書室に新しい本が大量に入ってきたの。だから図書委員さんの他に、クラスの図書係さんにも、お手伝いをお願いしたくて」

普段《ふだん》の図書係の仕事は、教室にある学級文庫の整理をするくらいだった。図書室での本の貸《か》し借《か》りの仕事などは、図書委員のひとたちがやっている。だからあたしが図書室のお手伝いをすることなんて、いままで一度もなかった。

「二組の図書係さんもお手伝いしてくれるかな？」

「はい」

あたしはそう答えた。やさしそうな司書の先生が、にっこり微笑《ほほえ》む。

普段《ふだん》と違《ちが》うできごとに、ちょっぴり緊張《きんちょう》して、でも少しわくわくしていた。


「えー、うららん、今日だめなの？」

瑞穂《みずほ》にそれを話したら、顔をしかめられた。今日は瑞穂《みずほ》の家で宿題をやろうと誘《さそ》われたのだ。

「うん、ごめん。先生に図書室のお手伝い頼《たの》まれちゃって」

「かわいそー。そんなの断《ことわ》ればいいのに。残ってやらせるなんて、先生ひどくない？」

苦笑いするあたしの前で、瑞穂《みずほ》は口をとがらせる。

「せっかくうららんと一緒《いっしょ》に、算数やろうと思ったのにぃ」

瑞穂《みずほ》はいつもそうだ。難《むずか》しい宿題が出ると「一緒《いっしょ》に宿題をやろう」と誘《さそ》ってくる。「一緒《いっしょ》に」と言うけど、あたしひとりにやらせて、瑞穂《みずほ》はあとからノートを写すだけ。ずるいなぁっていつも思う。

だけどもちろん、そんなことは言えない。

前に一度、先に約束していた子を優先《ゆうせん》したら、瑞穂《みずほ》を怒《おこ》らせてしまい、仲間はずれにされたことがある。あたしが謝《あやま》ると「しょうがないなぁ、うららんは」なんて、「うららんが悪いけど、許《ゆる》してあげる」みたいな感じで元どおりになれた。あたしは悪くないのに……もやもやは残っているけれど、ひとりぼっちで過《す》ごした数日間は、ものすごく長く感じた。

誰《だれ》もがみんな、あたしの悪口を言っているような気がして、教室に入るのがほんとうにこわかった。あんな思いはもうしたくない。

だからあたしは、「自分は悪くない」と思っていても、瑞穂《みずほ》に「ごめんね」と言ってしまう。

瑞穂《みずほ》の言葉にうなずいて、へらへら笑って、言うとおりにしてしまう。

でも、そうするしかないんだ。この教室にいる限《かぎ》りは。

あたしだけじゃない。きっとみんなだってそう思っている。

ひとりだけハブられるのは、誰《だれ》だってこわい。

「ごめんね、ほんとに」

「しょうがないなぁ、うららんは。じゃあ菜摘《なつみ》でも誘《さそ》おうっと」

瑞穂《みずほ》が背中《せなか》を向けて、菜摘《なつみ》のほうへ走っていく。あたしは小さくため息をついてから、ひとりで教室を出る。

廊下《ろうか》の窓《まど》は、雨のしずくで濡《ぬ》れていた。あたしは、肩《かた》の上で跳《は》ねた髪《かみ》をいじりながら、図書室に向かって歩いた。

瑞穂《みずほ》は「かわいそう」なんて言っていたけど、図書室でのお手伝いは、そんなにいやじゃなかった。

お仕事は簡単《かんたん》そうだったし、本がたくさんある図書室は好きだ。

瑞穂《みずほ》たちはあんまり本を借りたりしないから、あたしもほとんど来ないけど。

それに司書の先生に、本の話を聞くのも好きだった。

頼《たの》まれたお仕事は、新しく入った本を、先生に教えてもらいながら、本棚《ほんだな》に並《なら》べることだった。

ただ並《なら》べればいいのかと思ったら、そうではないらしい。ちゃんと本棚《ほんだな》が本の種類別になっているから、決まった場所にしまわなければいけないそうだ。

あたしはぐるりと図書室を見まわす。たしかに図書室の本は、ちゃんと種類ごとに並《なら》んでいる。ばらばらに並《なら》んでいたら、探《さが》している本を見つけられない。

本に貼《は》ってあるラベルを確認《かくにん》しながら、本棚《ほんだな》に本を並《なら》べた。倒《たお》れている本はきちんと立てて、きれいにそろえたら見やすくなった。

並《なら》べているうちに、この本おもしろそうとか、あの本読んでみたいなとか、思ったけれど、口には出さず作業を続けていたら……。

「あ、あたし、この本、読んだことある！」

「あたしもあるよ。おもしろいよねぇ」

「同じ作家さんの本も、すっごくおもしろかったよ」

他のクラスの女の子たちが、本を並《なら》べながら、楽しそうにおしゃべりしている。

あたしはそれを聞いて、ちょっとびっくりした。

だってうちのクラスで「本が好き」なんて言ったら、ぜったい瑞穂《みずほ》に目をつけられる。そんなことになったら、大変なことになる。

あたしは女の子たちから、さりげなく顔をそむけた。だけどみんなの話している内容《ないよう》が気になって、そわそわしてしまう。

――え、マジで？　オタクじゃん。キモっ。

頭のなかに瑞穂《みずほ》の声が響《ひび》いて、持っていた本をぎゅっと胸《むね》に抱《かか》え込《こ》む。

だめだ、だめだ。あの子たちと話しているのが瑞穂《みずほ》にばれたら、本が好きってことがばれたら、なんて言われるかわからない。あたしは逃《に》げるように、その場から移動《いどう》する。

それからも、なるべくみんなと関わらず、黙々《もくもく》と仕事をした。そうしたらあっという間に、下校時刻《じこく》が近づいていた。

「二組の……高月《たかつき》さん、だったよね？」

司書の先生に声をかけられ、はっとする。

「は、はい」

「もしよかったら、また図書室に来てね。今度は本を読みに」

先生はあたしを見て、にっこりと微笑《ほほえ》んだ。

どうして先生はそんなことを言ったのだろう。あたしがほんとうは、この場所にいたいって思っていたこと、気づかれちゃったかな？

「はい」

そう言ってうなずいたけど、たぶん来ることはないだろうなと思った。

瑞穂《みずほ》に言ったら、きっとバカにされる。本が好きなことも、図書室に来ることも、悪いことではないってわかっているのに……あたしは瑞穂《みずほ》がこわかったのだ。

他のクラスの女の子たちと図書室を出て、廊下《ろうか》の途中《とちゅう》で別れた。

あたしはひとりで教室に向かって歩く。窓《まど》の外はまだ雨が降《ふ》っていて、廊下《ろうか》はひと気がなく、ひんやりとつめたかった。

ぶるっと肩《かた》を震《ふる》わせ、背中《せなか》を丸める。

なんだかいつもの廊下《ろうか》じゃないみたい。休み時間や放課後、みんなでわいわい歩く廊下《ろうか》とは違《ちが》う感じ。

広い校舎《こうしゃ》に、あたしだけが取り残されてしまったような……。

「早く帰ろ」

ちょっと寂《さび》しくなり、急ぎ足で教室に戻《もど》ってドアを開けたとき、窓際《まどぎわ》の席に誰《だれ》かが座《すわ》っているのが見えた。

「あ……」

そこにいたのは、澤口《さわぐち》だった。

あたしが小さく声をこぼしたら、澤口《さわぐち》は一瞬《いっしゅん》だけ顔を上げて、またすぐに机《つくえ》の上の本に視線《しせん》を落とした。

あたしはなんとなく音を立てずに教室へ入り、無言で荷物をまとめる。

ちらっともう一度窓際《まどぎわ》の席を見ると、澤口《さわぐち》は真剣《しんけん》な表情《ひょうじょう》で、本に書いてある文字を目で追っていた。

あたしの胸《むね》がざわついた。澤口《さわぐち》の指がぱらりとページをめくる。そこに書いてあるのがどんな内容《ないよう》なのか、すごく気になった。

「なに……読んでるの？」

あたしの声が静かな教室に響《ひび》く。あたしと澤口《さわぐち》の席は、机《つくえ》二列ぶんくらい離《はな》れている。

どうして声なんかかけてしまったのだろう。普段《ふだん》だったら自分から男子に話しかけたりしないのに。しかも一度もしゃべったことのない男子になんて。それにさっきだって、本好きな女の子たちの会話から、逃《に》げていたのに。あたしたち以外、誰《だれ》もいない教室。外はつめたい雨が降《ふ》っていて、窓《まど》はうっすらと白く曇《くも》っていた。

あたしの声を聞いた澤口《さわぐち》は、ゆっくりと顔を上げてこっちを見た。あたしと澤《さわ》口《ぐち》の視線《しせん》が、机《つくえ》二列ぶんの距離《きょり》を隔《へだ》ててぶつかる。

さらっとした黒い髪《かみ》。つまらなそうな表情《ひょうじょう》。地味なグレーのトレーナー。澤口《さわぐち》の顔なんて、いままでまともに見たことがなかったけど、眼鏡《めがね》の奥《おく》の瞳《ひとみ》がすごくきれいだなって、それだけ思った。

かすかに雨音の響《ひび》く教室のなか、澤口《さわぐち》が本の表紙をあたしに見せた。

「あ……」

あたしはまた小さく声をもらす。

やっぱり――それは表紙にイラストの描《か》かれた、ラノベと呼《よ》ばれる本だった。

「それ……おもしろい？」

引《ひ》き寄《よ》せられるように、窓際《まどぎわ》の席に近寄《ちかよ》る。澤口《さわぐち》が不審《ふしん》そうに、眉《まゆ》をひそめる。

あたしはそこでピタッと足を止め、早口で話した。

「あの、あたし、そういう本すごく読んでみたいんだけど、お母さんが買ってくれなくて……あ、うちおこづかい制《せい》じゃなくて、欲《ほ》しいものがあるときは、お母さんに理由を言ってお金もらわなくちゃならないの」

あれ、あたし、なにを話しているんだろう。澤口《さわぐち》なんかに。

「でもね、うちのお母さん、世界の名作とか、日本の文豪《ぶんごう》の本とかは買ってくれるのに、そういう本は買ってくれなくて……澤口《さわぐち》はいろんな本持ってるよね？　自分のおこづかいで買ってるの？」

じつは知っていたのだ。澤口《さわぐち》がラノベ以外にも、映画化《えいがか》された話題の本とか、泣けると評判《ひょうばん》のきれいな表紙の本とか、いろんな本を読んでいたことを。

休み時間、澤口《さわぐち》の席の横を通ったとき、偶然《ぐうぜん》見てしまった。澤口《さわぐち》は、最近映画《えいが》化《か》された、話題の本を読んでいた。

それはあたしがお母さんに、「買って」と何度もお願いしたのに、「本を読みたいなら、課題図書を買いなさい」と言われて、買ってもらえなかった本だったのだ。

だからあたしは、澤口《さわぐち》が読んでいる本が、なんとなく気になっていた。まだあの本を読んでいるのかな？　あっ、今日は違《ちが》う本を読んでる。今度の本はどんなお話なんだろう……。

あたしはさりげなく澤口《さわぐち》のそばを通っては、澤口《さわぐち》の読んでいる本をちらちら見ていたのだ。

澤口《さわぐち》はじっとあたしのことを見つめている。あたしは口をつぐんだ。

どうしよう。もしかしてあきれてる？　いままでしゃべったこともなかったのに、いきなりこんな話をして。

どうしたらいいのかわからなくなってうつむいたら、雨音に混《ま》じって澤口《さわぐち》の声が聞こえた。

「金だけはたくさんくれるから。うちの親」

「え？」

あたしははっと顔を上げる。

はじめて聞いた澤口《さわぐち》の声。いや、授業中《じゅぎょう》に先生に当てられて、答えている声は聞いたことがある。でもあたしだけに向けられた澤口《さわぐち》の声を、あたしははじめて聞いたのだ。

「金だけ与《あた》えてほったらかし。まぁ、いいけど」

投げやりなその言葉のなかには、あたしなんかにはわからない複雑《ふくざつ》な想《おも》いがたくさん詰《つ》まっている気がして、少し胸《むね》が痛《いた》くなる。

澤口《さわぐち》のお父さんとお母さんって、お金はくれるけど、面倒《めんどう》は見てくれないのかな？　うちの親なんか、あたしのすることに全部口出ししてきて、めんどくさいくらいなのに。

すると澤口《さわぐち》は静かに本を閉《と》じ、あたしに向かってこう言った。

「おれは、おもしろいと思う。この本」

あたしは澤口《さわぐち》の顔を見る。

頭の隅《すみ》で、澤口《さわぐち》って自分のことを「おれ」って言うんだ、なんて考えながら。

「もしよければ貸《か》してやるよ。読み終わったら」

「ほんとに？」

こくんとうなずき、澤口《さわぐち》は丁寧《ていねい》に、本を自分のランドセルにしまう。その手つきがとてもやさしくて、なんだかうれしくなった。

澤口《さわぐち》が、本を大事にするひとなんだってわかったから。

そうしたら急に親近感が湧《わ》いてきて、あたしの口がまた軽くなった。

「あ、あたしも本読むのが好きなんだ。学校では読まないようにしてるけど」

「なんで読まないんだよ」

「えっ、な、なんでって……」

風船みたいに膨《ふく》らんだ胸《むね》に、澤口《さわぐち》がちくんっと針《はり》を刺《さ》した。期待で膨《ふく》れたあたしの胸《むね》が、しゅわしゅわと音を立ててしぼんでいく。

「だって……学校で本ばっかり読んでる子は、バカにされるんだよ。友だちいないんでしょって」

瑞穂《みずほ》の甲高《かんだか》い声が、頭のなかで響《ひび》く。「キモい」「オタク」……ぜったい言われたくない、ひどい言葉の数々。

そんなことあるはずないのに。本を読んでいるだけで「キモい」なんて言われるのは、ぜったいおかしいのに。

すると澤口《さわぐち》がふっと笑った。まるであたしをバカにするように。

あたしの顔がかあっと熱くなる。

「い、いま、笑った？　笑ったでしょ？」

「ああ。だってバカみたいなのは、あんたのほうだろ？」

「ひど……」

「好きなものを好きって言って、なにが悪いんだよ。まわりの声に振《ふ》りまわされて、好きなものを隠《かく》すなんて、バッカみてぇ」

バッサリ言いきった澤口《さわぐち》が立ち上がる。ガタンッと椅子《いす》を引く音が響《ひび》きわたって、体がびくっと震《ふる》える。

ぼうぜんと突《つ》っ立《た》っているあたしの前で、澤口《さわぐち》はランドセルを背中《せなか》に背負《せお》った。

そしてあたしを無視《むし》して教室を出ていく。

なんなの、あいつ。

もしかして、ひとりぼっちでかわいそうなヤツなのかなって、ちょっと同情《どうじょう》しそうになったのに。

本を大切に扱《あつか》う、やさしいヤツなのかなって、ちょっといいなって思ったのに。

あんなこと言うヤツとは思わなかった。

だけどあたしはいそいで帰るしたくをして、澤口《さわぐち》のあとを追いかけた。

だって学校で、あたしの「好きなもの」の話ができたのは、澤口《さわぐち》がはじめてだったから。

教室を飛び出したあたしの頭に、澤口《さわぐち》の声が響《ひび》いていた。

――好きなものを好きって言って、なにが悪いんだよ。

廊下《ろうか》を走りながら、ぎゅっとこぶしを握《にぎ》りしめる。

澤口《さわぐち》に……言わなきゃ。とにかく言わなきゃって、思っていた。きっと澤口《さわぐち》なら、わかってくれるはずだから。

澤口《さわぐち》は意外と歩くのが速くて、昇降口《しょうこうぐち》でやっと追いついた。ちらっとあたしを見た澤口《さわぐち》は、あきらかに迷惑《めいわく》そうな顔をし、靴《くつ》を履《は》き替《か》え玄関《げんかん》から出ていく。

外は雨が降《ふ》っていて、薄暗《うすぐら》くなっていた。

澤口《さわぐち》が傘《かさ》を開き、あたしもその横で同じように傘《かさ》を開く。となりに並《なら》んだら、あたしと澤口《さわぐち》の身長が同じくらいだって、はじめて気づいた。

「なんでついてくんの？」

つめたい雨のなかに、足を一歩踏《ふ》み出《だ》す。すると傘《かさ》の陰《かげ》で澤口《さわぐち》がつぶやいた。

つまらなそうに。

「あんたまでキモいって言われるよ」

あたしはなんて言ったらいいのかわからず、傘《かさ》の柄《え》をぎゅっと握《にぎ》りしめる。

澤口《さわぐち》はやっぱりわかっていた。瑞穂《みずほ》が「キモい」って言って笑っていたこと。

そしてきっと、あたしも一緒《いっしょ》になって笑っていたことも。

澤口《さわぐち》が歩き出す。あたしは黙《だま》ったまま、そのあとをついていく。

少し強い風が吹《ふ》いて、校門のそばの大きな木が、ざわっと揺《ゆ》れた。

澤口《さわぐち》に置いていかれないよう、早足で水たまりを踏《ふ》みつける。

いままで気にしていなかったけど、澤口《さわぐち》もあたしと帰り道が同じ方向らしい。

「あの、あたしね」

校門を出て、街路樹《がいろじゅ》が並《なら》ぶ歩道を歩きながら、勇気を出して口を開いた。傘《かさ》を叩《たた》く雨の音に、あたしの頼《たよ》りない声がかき消されそうになる。

「読むだけじゃなくて、書いてるの。小説を」

こんなこと、誰《だれ》にも話していない。家でも、もちろん学校でも。バカにされるってわかっていたから。

だけど誰《だれ》かに聞いてもらいたかった。だってそれがあたしの「好きなもの」だから。そして澤口《さわぐち》なら、あたしの「好きなもの」をわかってくれると思ったのだ。

「下手《へた》くそなのはわかってるけど……でもなんか楽しくて。昨日も宿題しないで、スマホでぽちぽち書いてたら、お母さんに勉強しなさいって怒《おこ》られちゃって」

あれ、あたしまた余計《よけい》なこと、澤口《さわぐち》に話している？

気まずくなって、傘《かさ》の陰《かげ》から、ちらっととなりを見る。

澤口《さわぐち》はなにも言わずに、前を向いたまま歩いていく。運動靴《うんどうぐつ》が水たまりを踏《ふ》みつけて、小さなしぶきが飛ぶ。

あたしは肩《かた》の上で跳《は》ねた髪《かみ》をなでつけながら、消えそうな声でつぶやく。

「恥《は》ずかしくて、誰《だれ》にも見せられないんだけどね。だいたいあたしの書いた小説読んでくれるひとなんて……」

「ネット投稿《とうこう》」

澤口《さわぐち》の声が、雨音のなかに響《ひび》いた。

あたしたちの横を車が一台、水しぶきを上げて追《お》い越《こ》していく。

「へ？」

あたしはおかしな声を出し、その場に立ち止まってしまった。澤口《さわぐち》も二、三歩先で足を止め、あたしに振《ふ》り返《かえ》る。

「ネットに投稿《とうこう》してみたら？　誰《だれ》かが読んでくれるかもしれない」

澤口《さわぐち》の言葉を頭のなかで、何度も繰《く》り返《かえ》す。

ネット投稿《とうこう》？　それって自分の書いたものが、日本中……いや、世界中にさらけ出されるってことだよね？

それを知らない誰《だれ》かに、読まれたりするんだよね？

あたしはあわてて首を横に振《ふ》った。

「無理無理！　そんなのやり方わかんないしっ。それこそ誰《だれ》も読んでくれなかったら……」

「おれが読むよ」

あたしは傘《かさ》のなかで一瞬《いっしゅん》ぼうぜんとし、固まってしまった。

そんなあたしの耳に、澤口《さわぐち》の声が聞こえてくる。

「おれ、登録の仕方とかわかるから、よかったら教えるけど？」

あたしの書いた小説をネットに投稿《とうこう》する。そしてそれを澤口《さわぐち》が読む。

え、嘘《うそ》でしょう？　恥《は》ずかしい。恥《は》ずかしすぎる。

だってあたしの書いた小説なんて、下手《へた》くそだし。下手《へた》すぎて、あきれられちゃうかもしれないし。澤口《さわぐち》はいっぱい本を読んでいるんだから、あたしみたいなド素人《しろうと》の作品なんか、読む必要ないだろうし。

でも。でも。でも――

「お、お願いします」

心のなかがぐちゃぐちゃに乱《みだ》れたまま、澤口《さわぐち》の前で、ぺこっと頭を下げた。傘《かさ》から雨のしずくが流れ、足元にぽたぽたと落ちる。

おそるおそる顔を上げると、澤口《さわぐち》と目が合った。どうしようもなく恥《は》ずかしくなって、目をそらしてしまった。

あのとき、どうして「お願いします」なんて言っちゃったのか、あたしはいまだにわからない。

澤口《さわぐち》が静かに傘《かさ》を閉《と》じた。空を見上げると、いつの間にか雨がやんでいた。あわてて傘《かさ》を閉《と》じるあたしに、澤口《さわぐち》がたずねる。

「明日の放課後、時間ある？」

「うん」

澤口《さわぐち》は市立図書館の児童コーナーを、待ち合わせ場所に指定してきた。どうやら澤口《さわぐち》の家はその近くらしい。

市立図書館は小さいころに、よくお母さんに連れていってもらっていたけど、もう何年も行っていない。

しかもちょっと小高い丘《おか》の上にあるため、すごく長い坂道をのぼらなければいけない。歩くと時間がかかるし、自転車でもこぐのが大変だ。

それなのに気づけば、あたしは「わかった」って答えていた。

「じゃあ明日、四時に。スマホを忘《わす》れずにな」

「う、うん」

坂道の下で、澤口《さわぐち》と別れた。去っていく澤口《さわぐち》の後《うし》ろ姿《すがた》を、あたしは見えなくなるまで見送った。

もっとぼうっとしているヤツだと思っていたのに、澤口《さわぐち》は案外てきぱき決めてくる。意外だと思ったし、ちょっと感心した。

まぶしい光に気づいて、顔を上げた。雲がゆっくりと動き、そのすきまから、夕陽《ゆうひ》が差《さ》し込《こ》んでくる。

「きれい……」

雨がすっかり上がったのだ。

歩道の草木の雨粒《あまつぶ》が、宝石《ほうせき》みたいにキラキラ光っている。

足元の水たまりが、オレンジ色に染《そ》まっていく。

「明日はきっと、晴れるよね」

夕焼け空を見上げ、誰《だれ》にともなくつぶやいた。雨上がりの風が吹《ふ》き、あたしの跳《は》ねた髪《かみ》が揺《ゆ》れる。

閉《と》じた傘《かさ》をぶら下げて、前を向いて歩き出した。

ぴょんっと水たまりを飛《と》び越《こ》えたら、なんだかちょっとうれしくなって、スキップしながら家に帰った。

＊＊＊

翌日《よくじつ》は、朝からいい天気だった。

「いってきます！」

「いってらっしゃい。気をつけるのよ！」

お母さんに見送られ、走って家を出る。いそがないと遅刻《ちこく》してしまう。

あたしは昨日から、ずっとドキドキしていた。

宿題は手につかないし、ベッドに入っても目が冴《さ》えてしまって、なかなか眠《ねむ》れなかった。それで結局寝坊《ねぼう》して、登校時間ギリギリになってしまったのだ。

でもドキドキするに決まってる。

今日、あたしの書いた小説を、ネットに投稿《とうこう》するのだ。

だけどよく考えてみたら、それって、とんでもないことじゃない？

大丈夫《だいじょうぶ》かな？　できるかな？　やっぱり恥《は》ずかしい……。

そんなことが、ぐるぐるぐるぐる、頭のなかを回っている。

学校に着いても緊張《きんちょう》は続いていて、授業《じゅぎょう》が頭に入ってこなかった。

体育の時間も、なんでもないところでつまずいて転んで、みんなに笑われてしまった。


「うーららん！」

休み時間、背中《せなか》に瑞穂《みずほ》が抱《だ》きついてきた。

「どうしたのぉ？　髪《かみ》の毛《け》、めっちゃ跳《は》ねてるよ」

「えっ！」

あたしはあわてて髪《かみ》を押《お》さえる。朝、いそいで家を出たから、鏡を見る暇《ひま》もなかったのだ。

「えっと……今日は寝坊《ねぼう》しちゃって……」

「だめだなぁ、うららんは。寝《ね》ぐせくらい、ちゃんと直しておいでよ」

瑞穂《みずほ》がくすくす笑いながら、くるんっと巻《ま》いた自分の髪《かみ》を指先でいじる。

あたしは苦笑いしたまま、ちらりと窓際《まどぎわ》の席を見た。

澤口《さわぐち》は今日も、いつもどおり本を読んでいるだけだった。あたしに話しかけることはもちろん、目を合わせようともしない。

ドキドキしているのは、あたしだけなのかな。もしかして昨日、雨上がりにした約束は、あたしの勝手な妄想《もうそう》だったりして……。

そんな考えが頭をよぎり、ため息がもれる。

「……でしょ？　ねぇ、うららん、あたしの話、聞いてる？」

「あ、ごめん、瑞穂《みずほ》。聞いてなかった。もう一回お願い！」

「もうー、うららんはー」

瑞穂《みずほ》があたしの前で膨《ふく》れている。あたしはまた苦笑いをする。

正直あたしの頭のなかは、今日の放課後の約束でいっぱいだった。

視線《しせん》がどうしても、澤口《さわぐち》の姿《すがた》を追いかけてしまう。

だけど澤口《さわぐち》とはなにもなく、そのまま一日の授業《じゅぎょう》が終わった。

あたしはいそいで帰宅《きたく》し、十二歳《さい》の誕生日《たんじょうび》に買ってもらったスマホを握《にぎ》りしめ、家を飛び出す。

そして普段《ふだん》だったら行くことのない長い坂道を、必死に駆《か》けのぼった。

市立図書館の児童コーナーに着くと、澤口《さわぐち》の姿《すがた》が見えた。昨日の約束が妄想《もうそう》じゃなかったとわかって、心のなかでほっとする。

澤口《さわぐち》は赤いソファーに座《すわ》って、ひとりで本を読んでいた。その姿《すがた》は学校と同じようで、ちょっと違《ちが》う気もした。

どうしてだろう。

ここが「教室」ではなく、「図書館」という場所だからだろうか。

澤口《さわぐち》はきれいな表紙の本を読んでいた。帯に「泣ける」という文字が見える。どんな本なんだろう。ラノベも気になるけど、こっちも気になる。

「さ、澤口《さわぐち》」

おそるおそる声をかけたら、澤口《さわぐち》がゆっくりと顔を上げた。

眼鏡《めがね》の奥《おく》の瞳《ひとみ》に、まっすぐ見つめられて、心臓《しんぞう》のドキドキが激《はげ》しくなる。

「スマホ、持ってきた？」

だけど澤口《さわぐち》は、あたしの気持ちなんかおかまいなく、いつもどおりつまらなそうな口調で言う。

「泣ける」

「あ、うん、持ってきたよ」

ポケットからスマホを出して突《つ》っ立《た》っていたら、澤口《さわぐち》が顔をしかめた。

「座《すわ》れば？」

「え、あっ、うん」

赤いソファーを見ると、澤口《さわぐち》のとなりが、ひとりぶんくらい空《あ》いていた。あたしはそこに、静かに腰《こし》を下ろす。

なんだかすごく、不思議な感じがした。

昨日まで、話したこともなかった男の子と、図書館で並《なら》んで座《すわ》っているなんて。

児童コーナーには靴《くつ》を脱《ぬ》いで上がれる、広いカーペットのスペースもある。そこでは子どもたちが、自由な格好《かっこう》で本を読んだり、お母さんに絵本を読んでもらったりしていた。おしゃべりしている小さな子や、赤ちゃんを抱《だ》っこしたお母さんもいる。

だから静まり返った図書館のなかで、このコーナーだけは空気がちょっとやわらかい。

「おれが登録してるサイトはここだけど、いい？」

澤口《さわぐち》が自分のスマホの画面を見せてきた。澤口《さわぐち》のスマホは、あたしのよりも最《さい》新型《しんがた》っぽくて、カッコよかった。

そういえば澤口《さわぐち》のお父さんとお母さんって、お金だけはたくさんくれるって言ってたっけ。うちはなかなかスマホを買ってもらえなかったけど、澤口《さわぐち》の家は、欲《ほ》しいものはなんでも買ってもらえるってことなのかな？

「なぁ、聞いてる？　おれの話」

「き、聞いてます！」

あたしが姿勢《しせい》を正すと、澤口《さわぐち》がサイトの説明をはじめた。

ここは誰《だれ》でも無料で、自分の書いた小説を投稿《とうこう》したり、誰《だれ》かの書いた小説を読んだりできるってこと。

気に入った小説はブックマークしたり、感想を書いたりできるってこと。

人気が出るとランキングにのって、本物の本になる場合もあるってこと。

「へぇ、すごい。澤口《さわぐち》、よく知ってるね。いつから登録してたの？」

「おれは一年くらい前」

澤口《さわぐち》は自分のページを見せてくれた。『ヒロ』っていうのが、サイトのなかでの澤口《さわぐち》の名前らしい。投稿《とうこう》している作品は一作もなく、自己紹介《じこしょうかい》の欄《らん》に「読《よ》み専《せん》です」とひと言だけ書いてあった。

あたしはちょっと首をかしげる。

「ねぇ、『読《よ》み専《せん》』ってなに？」

「読む専門《せんもん》のひとのこと。小説は書かない」

「へぇ……」

澤口《さわぐち》ってすごいなぁ。あたしの知らない世界をいっぱい知っている。

「スマホ貸《か》して」

感心しているあたしの前に、澤口《さわぐち》が手を差し出した。あわててスマホを渡《わた》すと、澤口《さわぐち》は慣《な》れた手つきで操作《そうさ》をはじめた。

「まずはあんたのユーザー名、どうする？」

「へ？　ユーザー名？」

「作家のペンネームみたいなもんだよ」

「あ、どうしよ。なんにも考えてない」

澤口《さわぐち》が顔をしかめる。あたしは苦笑いしながら、いそいで考える。でもなにも浮《う》かばない。

「えっと、じゃあ……『麗《うらら》』で」

「本名でいいのかよ」

「『ヒロ』だって本名じゃん」

「おれは投稿《とうこう》してるわけじゃないから、なんでもいいんだよ」

澤口《さわぐち》があたしのスマホに名前を打《う》ち込《こ》んだ。『URARA』って。

「わー、かっこいい！」

思わず手を叩《たた》いてしまったら、澤口《さわぐち》に「静かに」と怒《おこ》られた。そしてあたしの手に、スマホを返す。

「あとは自分でやってみな。自己紹介《じこしょうかい》とか書《か》き込《こ》めるけど、個人情報《こじんじょうほう》は入れるなよ」

「う、うん」

「あんたのことフォローしとくから、そっちもして」

「フォローってなに？」

「まぁ、『仲よくなる』みたいなこと。自分をフォローしてくれたひとのことは、フォロワーっていう」

澤口《さわぐち》と、「仲よくなる」……なんだかちょっとドキドキした。

するとすぐにあたしのページに「フォロワー1」という文字が現《あらわ》れた。あたしのはじめてのフォロワーは、もちろん澤口《さわぐち》だ。

「そこのボタンをタップすれば、ユーザー同士《どうし》でメッセージも送り合えるから、わからないことがあったらおれにメッセージ送って」

澤口《さわぐち》があたしのスマホを指さしながら教えてくれる。

けっこうやさしいんだ、澤口《さわぐち》って。それにすごく頼《たよ》りになる。

学校では存在感薄《そんざいかんうす》いし、いつもやる気がなさそうな顔をしているから、こんなに物知りで親切なヤツだったなんて、わからなかった。

あたしは澤口《さわぐち》が登録してくれた、『URARA』という名前を見る。でもそれを見ていたら、また不安になってきた。

「や、やっぱり……あたしなんかが投稿《とうこう》しても、大丈夫《だいじょうぶ》かなぁ……」

「大丈夫《だいじょうぶ》だよ」

澤口《さわぐち》が、いつもと変わらない口調で言う。

「おれ、あんたが書いた小説、読んでみたいし」

胸《むね》の奥《おく》が、かあっと熱くなる。

あたしの書いた小説を読んでみたいなんて……そんなこと、はじめて言われた。

書いていること自体、誰《だれ》にも内緒《ないしょ》だったから、当たり前だけど。

ドキドキが止まらないあたしに、澤口《さわぐち》は投稿《とうこう》の仕方も丁寧《ていねい》に教えてくれた。

「作品のジャンルはここから選べるから、自分で選んで」

「あらすじはここに書く。読者にわかりやすいように」

「毎日更新《こうしん》すると、読んでくれるひとが増《ふ》えるかもしれない」

あたしはただうなずきながら、いろんなことを知っている澤口《さわぐち》のことを、さらに感心していた。

「ほんとすごいよね、澤口《さわぐち》って。本もいっぱい読んでるしさ」

そういえばここに来たときも、おもしろそうな本を読んでいた。

「さっき読んでた本は図書館の？」

「ああ、これは自分の。昨日買ったやつ」

澤口《さわぐち》がリュックのなかから、きれいな表紙の文庫本を取り出した。

青い星空の下に、男の子と女の子が立っているイラストが描《か》いてある。キラキラしていて、ちょっと切なくて、とってもすてきだと思った。

「この作家の本は全部持ってる」

「へぇー、おもしろい？」

「泣ける話が好きなら、いいんじゃないかな」

「泣ける話、好き！」

「だったらこっちの本もいけるかも」

澤口《さわぐち》は他にも何冊《なんさつ》かの本を持っていて、あたしに見せてくれた。どれも表紙がきれいで、どんな話なのかすごく気になった。

「いいなぁ、うちのお母さん、こういうの買ってくれないし」

「じゃあ借りてけば？　図書館で」

「あ、そっか！　こんなにいっぱい本があるんだもんね！」

あたしは澤口《さわぐち》のとなりで笑った。なんだか楽しい。

こんなふうに誰《だれ》かと、自分の好きなものの話をする日が来るなんて、思ってもみなかった。

誰《だれ》の目も気にせず、なにも隠《かく》さず、ほんとうの想《おも》いを口に出せるのが、こんなに気持ちいいなんて……。

「ねぇねぇ、澤口《さわぐち》は、他にどんな本、読んでるの？」

そのままふたりで、好きな本の話や、いままで読んだ本の話をした。

澤口《さわぐち》はあたしの知らないことを、とってもたくさん知っていて、それを聞いているだけで楽しかった。それにあたしの話も、澤口《さわぐち》はからかったりせず、黙《だま》って聞いてくれた。

気づけば窓《まど》の外は夕焼け色に染《そ》まっていて、夕方のチャイムが鳴るころ、一緒《いっしょ》に図書館を出た。頬《ほお》に当たる風がちょっとつめたかったけど、なぜか心のなかは、ほかほかとあったかかった。

「家に帰ったら、さっそく投稿《とうこう》してみるね」

図書館の前であたしが言ったら、澤口《さわぐち》がぼそっとつぶやいた。

「楽しみにしてる」

頭のなかで、その言葉を繰《く》り返《かえ》す。

楽しみにしてる――澤口《さわぐち》があたしの小説を読むのを、楽しみにしてる。

恥《は》ずかしいのに、うれしくて、ここに来たときの不安が嘘《うそ》のように、わくわくしてきた。

「じゃあね！」

「じゃあ」

分かれ道で澤口《さわぐち》と別れる。やわらかく染《そ》まる夕陽《ゆうひ》のなか、背中《せなか》を向けた澤口《さわぐち》の、長い影《かげ》が伸《の》びている。

あたしはその影《かげ》を見送ると、走って家に帰った。

そして胸《むね》をドキドキさせながら、小説を一話、はじめて投稿《とうこう》した。

第3章　気持ちよく泳げる場所

それから毎日、あたしは家に帰るとすぐに小説の続きを書いた。

書いている物語は、学園ものだ。

主人公は、中学生。舞台《ぶたい》は架空《かくう》の私立《しりつ》学園。

あたしはまだ小学生だけど、中学生になったらこんなふうになりたい、こんなことをしたいと想像《そうぞう》しながら書いている。

部活、生徒会、文化祭、恋愛《れんあい》……考えるだけでわくわくする。

主人公の友だちを登場させるときは、あたしの学校のクラスメイトをモデルにする。

クラスには、元気な子、おとなしい子、勉強のできる子、スポーツの得意《とくい》な子とか、いろんな子がいるから。

最近は学校でも、今度はどんな子を登場させようかなぁ、なんて考えて、教室のなかを見まわしてしまう。

この間は授業中《じゅぎょう》、先生をじーっと観察していたら、日が合って当てられてしまった。今度からは気をつけなくちゃ。

登場人物が決まると、その子たちはあたしの頭のなかで、勝手に会話をはじめる。笑ったり、怒《おこ》ったり、泣いてしまったり……表情《ひょうじょう》もくるくる変わる。

あたしも一緒《いっしょ》になって、よろこんだり、かなしんだりしながら、それを文字にしてスマホに打《う》ち込《こ》む。

会話だけじゃなく、風景描写《びょうしゃ》もがんばって書く。

毎日通っている学校の教室や特別教室、廊下《ろうか》や校庭……いろんな場所を思い出しながら、文章にする。

難《むずか》しいけれど、自分だけの世界が作れて、とっても楽しい。

学校の勉強はすぐ飽《あ》きちゃうのに、不思議なことに小説なら、何時間でも妄想《もうそう》していられたし、書いていられた。

物語を作っているときだけは、あたしもほんとうの自分でいられる気がした。

毎晩《まいばん》寝《ね》る前、その日書いたお話を、澤口《さわぐち》が教えてくれた投稿《とうこう》サイトに投稿《とうこう》する。

最初のころは、投稿《とうこう》ボタンを押《お》すのに、ものすごくドキドキした。だってこれを押《お》したら、あたしの書いた小説が、一瞬《いっしゅん》で世界中に広がってしまうんだもの。

毎日目をつぶって、心のなかで「えいっ」と気合を入れて投稿《とうこう》していた。

サイトには、いつもたくさんの小説がアップされている。恋愛《れんあい》、ファンタジー、ミステリーやホラー……小説を書いているひとがこんなにいたなんて、知らなかった。あたしのまわりには、そんなひと、ひとりもいなかったから。

更新《こうしん》するとトップページにある「新着コーナー」にのせてもらえる。でもすぐに、他のひとの作品が次々アップされてくるから、あたしの作品は、あっという間に流れてしまう。

そうなるともう、広い広い海のなかに放《ほう》り込《こ》まれて、たったひとりで漂《ただよ》っているようなものだ。このサイトで、偶然《ぐうぜん》あたしの作品を見つけてくれるひとがいたら、それは奇跡《きせき》じゃないかって思う。

だけどあたしの小説の読者が、たったひとりだけいる。その読者はあたしが更《こう》新《しん》をするたびに、ちゃんと読んでくれて、ひと言感想をくれる。

『とても読みやすくて、きれいな文章ですね。続きも読みます』

『なかなかおもしろいと思います。次回も楽しみにしています』

『意外な展開《てんかい》で驚《おどろ》きました。次も期待しています』

『最後のセリフがよかったです。続きが早く読みたいです』

『主人公の気持ちに共感しました。こういう話は好きです』

感想の投稿者《とうこうしゃ》は『ヒロ』。澤口比呂《さわぐちひろ》のユーザー名だ。

澤口《さわぐち》のページにはいくつもの小説がブックマークされていて、そのなかにあたしの小説も入っている。

澤口《さわぐち》は紙の本以外に、ウェブ小説もたくさん読んでいるみたいだった。異世界《いせかい》に転生しちゃうようなファンタジーものや、謎解《なぞと》きミステリーにこわーいホラー、それから泣ける青春恋愛《れんあい》ものなどなど。

「澤口《さわぐち》も書けばいいのになぁ……」

小説は書かないって言っていたけど、こんなにたくさん読んでいるひとなら、なんだかすごい作品が書けそうな気がするから。

＊＊＊

それからも毎日、たったひと言でも澤口《さわぐち》から感想をもらえるのがうれしくて、どんどん続きを書いて投稿《とうこう》した。

頭のなかに次々とすてきなシーンが浮《う》かんできて、それをつなぎ合わせて、物語にするのが楽しかった。

「麗《うらら》。ご飯のときは、スマホやめなさいって言ってるでしょう？」

物語は二十四時間、いつでもあたしの頭に浮《う》かんでくる。ご飯を食べているときも、お風呂《ふろ》に入っているときも、勉強しているときも。眠《ねむ》っている間、夢《ゆめ》に出てくることもある。

頭のなかに浮《う》かんだシーンは、すぐ文字にしたくなる。だから家にいる間、あたしはずっとスマホを持っていた。

「聞いてるの？　麗《うらら》」

「ごめんなさい」

お母さんに謝《あやま》って、いそいでご飯をかき込《こ》む。

早く続きを書かなきゃ、忘《わす》れちゃう。

「ごちそうさま！」

そして席を立つとスマホを手にとり、自分の部屋に走った。

「もう。麗《うらら》ったら。スマホばっかり見てないで、ちゃんと勉強しなさいよ！」

「はーい！」文句を言っているお母さんは、あたしが小説を書いていることを知らない。知ったらなんて言うだろう。

「そんなくだらないことやってないで、ちゃんと勉強しなさい」

そう言われたら、いやだなぁ。

「どんな小説書いてるの？　お母さんにも見せてよ」

そう言われても、やっぱりいやだ。

だからお母さんやお父さんに、小説を書いていることは言っていない。

あたしは自分の部屋にこもって、さっき考えたお話の続きをスマホに打《う》ち込《こ》む。

このころにはもう、投稿《とうこう》ボタンを押《お》すのはこわくなくなっていた。

あたしの作品を読んでくれるひとが、ひとりでもいる。

そのひとが小説の続きを、待ってくれている。

そう思うと早く投稿《とうこう》したくて、毎日この時間が一番楽しかった。

＊＊＊

「うららん？　聞いてる？　あたしの話」

休み時間に声をかけられ、はっとした。

しまった。お話の続きを考えていて、瑞穂《みずほ》の話を聞いてなかった。

「あ、ごめん。なあに？」

あわてて聞くと、瑞穂《みずほ》があたしの前で、ぱちんっと両手を合わせた。

「算数の宿題忘《わす》れちゃったんだ。お願い！　見せてくれない？」

ああ、またか。瑞穂《みずほ》は宿題を忘《わす》れると、すぐあたしに頼《たの》んでくる。

「……うん！　いいよ」

あたしがそれを断《ことわ》れないって、瑞穂《みずほ》は知っているから。

あたしは机《つくえ》のなかから、算数のノートを取り出そうとして、手を止めた。

「あっ」

そういえば、たしかこのノートには……。

「どうしたの？　うららん」

瑞穂《みずほ》が首をかしげて、あたしの顔をのぞき込《こ》んでくる。

「うん、あの、えっと……」

まずい。このノートは瑞穂《みずほ》に見せられない。あたしは出しかけたノートを、机《つくえ》の奥《おく》に押《お》し込《こ》んだ。

「ごめん。あたしも宿題忘《わす》れちゃった」

「えー、しょうがないなぁ、うららんは」

あきれたような声を出す瑞穂《みずほ》の前で、あたしは苦笑いをする。

「あっ、菜摘《なつみ》ー、算数の宿題見せてー！」

瑞穂《みずほ》がくるっと背中《せなか》を向けて、菜摘《なつみ》たちのほうへ行ってしまった。あたしはほっと息をつき、誰《だれ》にも見られないよう、そっとノートを開く。

ほんとうはちゃんと、宿題はやってあった。だけどページの端《はし》っこに、あたしの考えたお話が書いてある。

最近は学校にいるときも、ぼんやり小説のことを考えてしまう。だけど学校にスマホは持ってこられない。だからいいシーンが思《おも》い浮《う》かんだときは、こっそりノートの隅《すみ》にメモしていたんだ。

あぶなかった。瑞穂《みずほ》に見られたら、なにを言われるかわからない。ぜったい笑いものにされるに決まっている。

あたしが小説を書いていることを、まだ学校の友だちにも話していない。もちろん話すつもりもない。これは決して、知られるわけにはいかないのだ。

あたしの秘密《ひみつ》を知っているのは……。

ノートを閉《と》じて、ちらっと窓際《まどぎわ》の席を見る。澤口《さわぐち》は今日もひとりで机《つくえ》の上に本を広げて読んでいる。

あたしの秘密《ひみつ》を知っているのは……この世界でたったひとり。澤口《さわぐち》だけなのだ。

＊＊＊

その日、小説の続きを書こうと投稿《とうこう》サイトを開いたとき、教室での澤口《さわぐち》の姿《すがた》を思い出した。

今日も澤口《さわぐち》は本を読んでいた。なんの本を読んでいたんだろう。そう思ったら、澤口《さわぐち》が読んでいるウェブ小説も気になった。

澤口《さわぐち》のページを開き、ブックマークを見る。あいかわらずたくさんの小説が登録されている。

「澤口《さわぐち》って、ほんとにいろんなジャンルを読んでるんだなぁ……」

試しに一作のぞいてみた。あらすじを読んでみると、どうやら感動する系《けい》のお話らしい。一話読んでみたら、すごくドキドキして、ぐんぐん引《ひ》き込《こ》まれた。

「えっ、他のひとって、こんなにおもしろいお話書いてるんだ」

あたしはいままで、ウェブ小説をほとんど読んだことがなかった。でもこのお話は、本屋さんで売っている本と変わらないくらいおもしろい。

ページをめくる手……いや、画面をスクロールする手が止まらなくて、一気にラストまで読んでしまった。

「……すごい」

読むだけで心がキラキラとときめいて、物語の風景が頭のなかに浮《う》かぶ。まるで自分自身が体験した記憶《きおく》みたい。

小説って、すごい。

物語って、すごい。

「もっともっと読みたい！」

言葉では、簡単《かんたん》に言い表せないようなこの気持ちを、もっともっと感じてみたかった。

あたしは澤口《さわぐち》がブックマークしている他の小説も、次々と読んでみた。

やっぱりどれもおもしろい。

途中《とちゅう》でお母さんに「ご飯よ」と呼《よ》ばれたけれど、「いま勉強してるからあとで」

と嘘《うそ》をつき、夢中《むちゅう》で続きを読んだ。

ネットの世界にはたくさんの物語があふれていた。お母さんに買ってもらえないジャンルのお話も読むことができる。しかも無料なんて、サイコーだ。

こんなにすてきな世界があったことを、あたしはいままで知らなかった。教えてくれたのは、澤口《さわぐち》だ。

退屈《たいくつ》だった毎日が、澤口《さわぐち》のおかげで二倍も三倍も楽しくなった。教室で瑞穂《みずほ》に、いやなことを言われても、すぐ忘《わす》れてしまうほどに。

「澤口《さわぐち》に、感謝《かんしゃ》しなくちゃだなぁ……」

あたしはその日から、書くだけじゃなく、いろんなウェブ小説を読むようになった。

＊＊＊

そんな日々が、一か月くらい続いたある日。澤口《さわぐち》以外の誰《だれ》かが、あたしの小説をブックマークしてくれた。

「嘘《うそ》……マジで？」

あたしは信じられなくて、その画面を何度も何度も繰《く》り返《かえ》し見た。

ブックマークのところに、堂々《どうどう》と輝《かがや》く「2」という数字。

うれしい。うれしい。うれしすぎてスクリーンショット*までしてしまった。

澤口《さわぐち》が読んでくれるのもうれしいけど、まったく知らない誰《だれ》かがあたしの小説を見つけて、それを読んでくれるなんて奇跡《きせき》だ。

こんなすごいことが起きるなんて。

だってこのサイトには、ものすごくたくさんの小説が投稿《とうこう》されているし、ネットのなかには、もっともっとたくさんの小説が投稿《とうこう》されているのだから。

あたしはそれを澤口《さわぐち》に直接《ちょくせつ》伝えたくてうずうずしていた。

朝、登校するとすぐに、澤口《さわぐち》の席を見た。あたしよりも早く登校してくる澤口《さわぐち》は、ランドセルから出した教科書やノートを一冊《さつ》ずつ確認《かくにん》しながら、丁寧《ていねい》に机《つくえ》のなかへ入れていた。

あたしはその姿《すがた》を見て、そわそわした。

どうしよう。声をかけてみようか。

小説を投稿《とうこう》するようになってから、澤口《さわぐち》はいつもあたしの小説を読んで、感想をくれるけど、学校ではあいかわらず話したことがない。

＊スクリーンショット＝パソコンやスマートフォンなどの表示《ひょうじ》画面を記録すること。

頭のなかで想像《そうぞう》する。ブックマークが増《ふ》えたことをあたしが報告《ほうこく》して、澤口《さわぐち》も一緒《いっしょ》によろこんでくれるシーン。

澤口《さわぐち》はあたしの「好きなこと」を知っている。だからきっとあたしの気持ちをわかってくれて、一緒《いっしょ》によろこんでくれるはず。

そしてなにより、あたしは誰《だれ》かと、この気持ちを共有したかったのだ。

だけどそのとき、以前聞いた声が頭に浮《う》かんだ。

――澤口《さわぐち》って、キモくない？

瑞穂《みずほ》が言ったひと言。あたしは出しかけた一歩を、すっと引《ひ》っ込《こ》める。

教室のなかに、明るい笑い声が響《ひび》いた。瑞穂《みずほ》が女の子たちと一緒《いっしょ》に、教室に入ってくる。

「あ、うららん、おはよー」

あたしは澤口《さわぐち》のほうを向いていた体を、ゆっくりと瑞穂《みずほ》へ向ける。そして無理やり作った笑顔《えがお》を貼《は》りつけて、いつものように言うのだ。

「おはよう。瑞穂《みずほ》」

結局その日、教室で澤口《さわぐち》に声をかけられなかった。

あたしはやっぱり、瑞穂《みずほ》やみんなの視線《しせん》がこわかったのだ。

だからあたしは家に帰ってから、サイトを通して、こっそり澤口《さわぐち》にメッセージを送った。

『明日の放課後、図書館のあの場所に来て』

どうしてもこのことは、直接《ちょくせつ》あたしの口で伝えたかったから。そして目の前で、一緒《いっしょ》によろこんでもらいたかったから。

送ったあと、胸《むね》がすごくドキドキした。

＊＊＊

「うららん。今日、茉莉花《まりか》んちに遊びに行くんだけど、うららんも来るよね？」

翌日《よくじつ》の放課後、瑞穂《みずほ》に言われた。まるであたしが行くのが当たり前のように。

「ほらぁ、茉莉花《まりか》んちで飼《か》いはじめたワンちゃん、見に行きたいって言ってたじゃん？」

それは「瑞穂《みずほ》が」でしょ？　あたしはそんなこと、言った覚えはない。

ちょっと迷《まよ》ったけれど、今日はどうしても図書館に行きたかったから、思い切って瑞穂《みずほ》に伝える。

「ごめん。今日は用事があって無理なんだ」

ちらっと窓際《まどぎわ》の席を見る。澤口《さわぐち》はいつものように、黙《だま》って本を読んでいる。

瑞穂《みずほ》がわかりやすく顔をしかめた。瑞穂《みずほ》は自分の思いどおりにならないと、途《と》端《たん》に不機嫌《ふきげん》になる。低学年のころからそうだった。

「最近うららん、ノリ悪いよねー。いっつもいそいで帰ろうとするし」

「えっ……」

それは小説を書いて投稿《とうこう》するため、なんだけど……言えるわけがない。

特に瑞穂《みずほ》になんか話したら、クラス中に言いふらされて、笑いものにされてしまう。

だけどちょっと、ヤバかったかな。瑞穂《みずほ》を怒《おこ》らせると大変なことになる。あたしは以前、仲間はずれにされたことや、瑞穂《みずほ》に目をつけられて、学校に来なくなってしまった子を思い出す。

次はぜったい瑞穂《みずほ》の言うとおりにしなくちゃ。

あたしは瑞穂《みずほ》の前で困《こま》った顔を作り、両手を合わせる。

「ほんとにごめんね。この前の算数のテストが悪かったからさ。家で勉強しないとお母さんがうるさくて」

お母さんのせいにして、もう一度「ごめん」と、謝《あやま》るふりをする。瑞穂《みずほ》はしばらくむすっとしていたけれど、ふうんと鼻を鳴らしてあたしに言った。

「じゃあ次はぜったい遊ぼうね」

「うん。次はぜったい」

瑞穂《みずほ》たちと別れて、いそいで家に帰った。澤口《さわぐち》はまだ教室にいた。

澤口《さわぐち》に送ったメッセージ、見てくれたよね？

ちゃんと図書館来てくれるよね？

胸《むね》をドキドキさせながらスマホを持ち、あたしはひとりで待ち合わせの図書館に向かった。


市立図書館に着くと、すでに澤口《さわぐち》が児童コーナーにいた。

今日も赤いソファーに腰《こし》かけ、ちょっと背中《せなか》を丸めて、本のページをめくっている。

読んでいるのは子ども向けの本だった。あたしも小さいころ、図書館で借りて読んだことがある本だ。懐《なつ》かしい。

あたしは気に入った本があると、同じ本を何度も何度も借りていた。お母さんには「たまには違《ちが》う本にしたら？」と言われたけれど、やっぱり同じ本を何度も何度も借りて、お母さんにあきれられた。

澤口《さわぐち》も小さいころ、あの本を読んでいたのかな。同じ本を読んでいたのかもと思ったら、胸《むね》の奥《おく》がなんだかちょっとあったかくなった。

「澤口《さわぐち》」

本に夢中《むちゅう》になっている澤口《さわぐち》に近づいて、名前を呼《よ》ぶと、澤口《さわぐち》はのっそりと顔を上げた。

「ねえ、澤口《さわぐち》、聞いて聞いて！　あたしの書いた小説にね、澤口《さわぐち》以外のひとが、ブクマしてくれたの！」

駆《か》け寄《よ》ってスクリーンショットした画面を見せると、澤口《さわぐち》がわかりやすく眉《まゆ》をひそめて、「しーっ」と口元に指を立てる。あたしはあわてて口を結んだ。

「あんたもしかしてそれを言うために、おれを呼《よ》び出《だ》したわけ？」

苦笑いをして、澤口《さわぐち》のとなりに座《すわ》る。

児童コーナーには、今日も子どもがたくさんいて、本を探《さが》してうろうろしていたり、自由な体勢《たいせい》でぱらぱら絵本をめくったりしていた。

やっぱりここは、この図書館のなかで、一番ほっとできる場所だ。だからといって、大声でおしゃべりはよくないとわかっているけど。

「だって、こんなこと、誰《だれ》にも話せないし」

「だったらおれに、メッセ送ればいいだろ」

「直接《ちょくせつ》話したかったんだもん！　澤口《さわぐち》に！」

言ってからずいぶん声が大きかったことに気がついて、あたしはまた口元を押《お》さえた。

なんだかひとりで興奮《こうふん》しているみたいで、恥《は》ずかしい。

澤口《さわぐち》があたしから視線《しせん》をそむけた。そして本を静かにめくりながらつぶやく。

「知ってたよ」

「え？」

あたしは澤口《さわぐち》の横顔を見る。

「知ってたよ、そんなの。毎日あんたの話、読んでるんだし」

「あ、そ、そうか」

そう言いながら、もっと恥《は》ずかしくなる。

静かな館内に、お母さんが絵本を読み聞かせしている声や、小さな子どものくすくす笑う声が聞こえる。

「ほんとは……」

その声にまぎれて、澤口《さわぐち》の言葉が聞こえた。

「ちょっとバカにしてた」

「え？」

「小学生が書く小説なんて、たいしたことないだろうって」

澤口《さわぐち》が本に目を向けたまま続ける。

「でも読んでみたら意外におもしろくて……いや、意外というか……普通《ふつう》におもしろくて……昨日の更新分《こうしんぶん》はマジで感動した」

「ほ、ほんとに？」

「うん。いまは家に帰って、あんたの小説読むのが楽しみなんだ」

その言葉が胸《むね》に染《し》み込《こ》む。

あんなにたくさん小説を読んでいる澤口《さわぐち》が、毎日あたしの小説を読んでくれて、しかも楽しみにしてくれるなんて……。

「続き、期待してる」

ぎゅうっと胸《むね》が痛《いた》くなった。恥《は》ずかしくて、うれしくて、なんだか泣きたくなった。こんな気持ち、生まれてはじめてだ。

「誰《だれ》かがブックマークしたってことは、おれと同じように思ってるヤツが、他にもいるってこと。自信持っていいと思う」

「うん……」

スマホを抱《だ》きしめて、澤口《さわぐち》に向かって言う。

「ありがと……うれしい」

ほんとうに、うれしい。

これからも書こう。澤口《さわぐち》のために。あたしの話を読んでくれた誰《だれ》かのために。

そしてあたしのために。

自信を持って書こう。

すると澤口《さわぐち》は持っていたリュックのなかから、一冊《さつ》の本を取り出した。前に学校で読んでいたラノベだ。

「これ」

あたしはとなりに座《すわ》る澤口《さわぐち》を見る。

「読む？」

本を差し出す澤口《さわぐち》と目が合う。

「え、いいの？」

「貸《か》してやるよ」

そっと手を伸《の》ばし、澤口《さわぐち》から本を受け取る。

「うん。じゃあ借りるね」

澤口《さわぐち》はすぐにあたしから顔をそむけた。

児童コーナーには大きな窓《まど》がある。そこからやわらかな西日が差《さ》し込《こ》み、あたりが淡《あわ》い金色に染《そ》まる。あたしはキラキラ輝《かがや》く澤口《さわぐち》の横顔をちらっと見る。

きれいだなって思った。

やわらかい色に包まれた館内も。澤口《さわぐち》の横顔も。澤口《さわぐち》の心も。

きっといまのあたしの心も。

「で、他に用事は？」

澤口《さわぐち》が、本に視線《しせん》を落としてそう言った。あたしはあわてて答える。

「えっ……いや、ないけど」

「……そう」

本を見たまま、澤口《さわぐち》がつぶやく。あたしは少しそわそわしながら、澤口《さわぐち》にたずねる。

「えっと……澤口《さわぐち》は？　まだ帰らないの？」

「おれはもう少しいる」

澤口《さわぐち》の、いつもと変わらない落ち着いた声が響《ひび》く。あたしは澤口《さわぐち》に借りた本を胸《むね》に抱《だ》きしめ、こう言った。

「じゃああたしも……もう少しだけいる」

澤口《さわぐち》はちらっとあたしを見たけど、黙《だま》ったまますぐに目をそらした。「帰れ」とも「いてくれ」とも言わなかった。でもそういうところが、澤口《さわぐち》らしいな、なんて気がして、なんだか心地《ここち》よかった。

あたしはそんな澤口《さわぐち》に伝える。

「澤口《さわぐち》。いつも感想くれて、ありがとね。本もありがと」

澤口《さわぐち》はやっぱりなにも答えない。

あたしは本をバッグにしまって立ち上がると、本棚《ほんだな》をながめ、昔好きだった本を取り出した。そして澤口《さわぐち》のとなりに座《すわ》って表紙を開く。

小さいころ、ここでずっと本を読んでいた。あのころは好きなものを好きって言えたし、好きなものがひとと違《ちが》っても、恥《は》ずかしいなんて思わなかった。

だけどいつから、あたしは変わってしまったのだろう。

自分の好きなものを、素直《すなお》に好きって、言えなくなってしまったのだろう。

どうしてこの気持ちを、隠《かく》すようになってしまったのだろう。

隠《かく》す必要なんてないって、ほんとうはわかっているのに。

ぱらりとページをめくる。となりの澤口《さわぐち》も同じようにめくる。ふたりのページをめくる音が、静かに重なる。

できればもっと澤口《さわぐち》と、小説や本の話をしたかった。

いろんなジャンルを読んでるんだね？　どんなお話が一番好きなの？　好きな作家さんはいるの？　小さいころ読んでいた本は？

でも——いまはいいや。

なんとなくこうやっているだけで、ほっとした気持ちになれるから。

あたしたちは夕方のチャイムが鳴るまで、並《なら》んで本を読んでいた。

だけどあたしと澤口《さわぐち》がしゃべったのは、その日が最後になってしまったのだ。

第4章 ↲
溺《おぼ》れるのはこわいから

「えー、マジで」

「ほんとほんと。あたし見たんだから」

「家で勉強するって言ってたよね、あの子」

「でも相手が澤口《さわぐち》って……キモっ」

翌朝《よくあさ》、教室に入ると、瑞穂《みずほ》と女の子たちが、大声でおしゃべりしていた。

また誰《だれ》かのうわさ話でもしているのかな、と思いながら、いつものように瑞穂《みずほ》たちのそばへ行く。

「おはよう」

プツンッとテレビの音声が切れたみたいに、一瞬《いっしゅん》まわりが静まり返る。

え、なんで?

おかしな空気が流れているって、すぐに気づいた。

あたしはあわてて笑顔《えがお》を作る。

「お、おはよう……」

もう一度言ってみると、女の子たちが顔を見合わせた。

するとまんなかに座《すわ》っている瑞穂《みずほ》が、あたしに向かって口を開いた。

「ねぇ、うららん。昨日の放課後、図書館でなにしてたの？」

「え？」

心臓《しんぞう》がどきんっと跳《は》ねた。昨日見た、西日に染《そ》まった澤口《さわぐち》の横顔が頭に浮《う》かぶ。

「あたしらの誘《さそ》い断《ことわ》って、澤口《さわぐち》と図書館でなにしてたの？」

もしかして、澤口《さわぐち》と図書館にいるところ、誰《だれ》かに見られた？

ごくんと唾《つば》を飲《の》み込《こ》んだ。瑞穂《みずほ》のまわりの女の子たちが、みんなあたしを見つめている。誰《だれ》もひと言も、声を出さずに。

なんて言えばいい？　なんて言えば正解《せいかい》？

頭のなかで必死に答えを探《さが》すけど、あせればあせるほど、なにも浮《う》かんでこなくて。代わりに額《ひたい》や手のひらに、じんわりと汗《あせ》がにじんでくる。

「な、なに言ってるの？　意味わかんな……」

「ごまかしてんじゃねーよ。菜摘《なつみ》が見たんだよ。あんたが澤口《さわぐち》と一緒《いっしょ》に図書館から出てくるとこ」

瑞穂《みずほ》の口調がきつくなった。怒《おこ》ったときの声だ。

あたしは瑞穂《みずほ》のとなりの菜摘《なつみ》を見る。菜摘《なつみ》の口元がほんの少し引き上がる。

「ダンスクールの帰りに、図書館の前通ったの。そしたらうららんが出てきてさ。声かけようとしたら、澤口《さわぐち》としゃべってるんだもん。あたしびっくりしちゃった」

背中《せなか》がすうっと寒くなった。

「家で勉強するんじゃなかったの？　そう言ってたよね？　うららん」

瑞穂《みずほ》と菜摘《なつみ》の視線《しせん》が痛《いた》い。

この光景を、あたしは前に見たことがある。誰《だれ》も座《すわ》っていない席、学校に来なくなってしまったあの子の、最後の姿《すがた》だ。

「そ、それは……」

必死に言《い》い訳《わけ》を考えるあたしの目に、澤口《さわぐち》の横顔が映《うつ》った。あたしたちの声が聞こえないかのように、窓際《まどぎわ》の席でいつものように本を読んでいる。

いや、聞こえないわけじゃない。澤口《さわぐち》には聞こえている。聞こえているけど無視《むし》しているのだ。

「ねえ、うららんってさぁ」

瑞穂《みずほ》が机《つくえ》に肘《ひじ》をつき、意地悪そうに笑って言った。

「もしかして澤口《さわぐち》と、つきあってんの？」

その声が教室のなかに、はっきりと響《ひび》いた。あたしたち以外のグループの子たちも、おしゃべりをやめて、さりげなくこちらに視線《しせん》を移《うつ》す。みんながあたしの返事を待っている。

「……つきあってないよ」

ひりひりする喉《のど》の奥《おく》から、振《ふ》り絞《しぼ》るように声を出した。澤口《さわぐち》はぴくりともせず、本を読んでいる。

あたしはちらりと瑞穂《みずほ》を見た。瑞穂《みずほ》の視線《しせん》はつめたいまま。

まだダメなんだ。もっと瑞穂《みずほ》の、納得《なっとく》する答えを言わないと……そうしないと、あたしが瑞穂《みずほ》に「選ばれて」しまう。

この狭《せま》い教室のなか、彼女《かのじょ》に選ばれたら生きていけない。

溺《おぼ》れて深く沈《しず》んでいく。学校に来られなくなったあの子みたいに。

だから……あたしは強く手を握《にぎ》りしめ、思いっきり息を吸《す》い込《こ》む。

一瞬《いっしゅん》もうひとりの自分が、「そんなこと言っちゃだめ！」って叫《さけ》んだ気がするけど、瑞穂《みずほ》の刺《さ》すような視線《しせん》が痛《いた》くて、気づけば吐《は》き出《だ》していた。

「つきあうはずないじゃん！　あんなキモいヤツと！」

その瞬間《しゅんかん》、教室のなかが静まり返った。あたしがこんなに大きな声を出せるとは、みんな思わなかったみたいだ。あたしだって思っていなかった。

澤口《さわぐち》はあいかわらず、ぴくりとも動かない。だけどあたしは、いますぐここから逃《に》げ出《だ》したくてたまらない。

居心地《いごこち》悪い静寂《せいじゃく》を破《やぶ》ったのは、瑞穂《みずほ》の甲高《かんだか》い笑い声だった。

「だよねー！　うららんが澤口《さわぐち》とつきあうなんて、ありえないよねー！」

彼女《かのじょ》の笑い声で眠《ねむ》りから目覚めたように、まわりのみんなも笑い出す。遠くからこちらを見守っていた子たちも、なにごともなかったかのようにおしゃべりをはじめる。

あたしはその渦《うず》のなか、なにも言えずに立ちつくしていた。

ただ自分の放った言葉が、頭のなかでやまびこみたいに、何度も何度も響《ひび》いていた。

「てか、あんなキモいヤツ好きになる物好き、いるわけないか」

瑞穂《みずほ》の声に、みんながどっと笑った。瑞穂《みずほ》は席を立ち、笑いながら近づいてきて、あたしの両手を握《にぎ》る。そしてぐっと力を込《こ》めた。

あたしは笑った。笑うしかなかった。

あたしは嘘《うそ》つきで、その嘘《うそ》で、ひとを傷《きず》つけているってわかっていても。

弱くてずるい自分が、大嫌《だいきら》いだと思っていても。

濁《にご》った笑いの渦《うず》のなか、澤口《さわぐち》はなにも言わずに、ただ本を読み続けていた。


その日、家に帰ってすぐ、あたしは『ヒロ』というユーザーのフォローを解除《かいじょ》した。

あたしがフォローしているユーザー数が「0」になる。でもあたしをフォローしてくれているフォロワー数は「1」のまま。

だけどきっと、すぐに気づくだろう。

あたしが一方的にフォローを解除《かいじょ》したこと。

『まぁ、「仲よくなる」みたいなこと』

そう言ってくれたのに……澤口《さわぐち》はどう思うだろう。

でもこわかったのだ。教室であんなことを言っておいて、平然とネットでやりとりできるほど、あたしは神経《しんけい》が図太くない。

震《ふる》える手をスマホの画面から離《はな》し、ベッドの上に寝転《ねころ》んだ。

ぼんやりと天井《てんじょう》をながめながら、今朝の教室の光景を思い出す。

『つきあうはずないじゃん！　あんなキモいヤツと！』

……言ってはいけないことを言ってしまった。

ベッドの上で、ごろんと横向きになる。深いため息がもれる。

「……仕方なかったんだもん」

ぽつりとひとり言をこぼす。

頭に浮《う》かんでくるのは、澤口《さわぐち》があたしに言ってくれた言葉。

『ネットに投稿《とうこう》してみたら？』

澤口《さわぐち》は、あたしの知らなかった、たくさんのはじめてを教えてくれたのに。

「でも仕方ないんだよ……」

両手で腕《うで》を抱《かか》え、体を丸める。

『とても読みやすくて、きれいな文章ですね。続きも読みます』

毎日あたしの小説を読むのが、楽しみだって言ってくれて……あたしはその言葉に、勇気をもらっていたはずなのに。

「仕方ないんだってば！」

誰《だれ》にでもなく声を上げ、ベッドの上に飛び起きた。
背中《せなか》にじんわりと、いやな汗《あせ》がにじんでいる。
胸《むね》の奥《おく》がもやもやして、気持ちが悪い。
そばにあった枕《まくら》を抱《かか》え、ぎゅっと目を閉《と》じた。
笑い声の響《ひび》くあの教室で、澤口《さわぐち》はあたしたちのことを、どう思っていただろう。
あたしのことを、どう思っただろう。
知りたいけど、知りたくない。知るのが、すごくこわい。
目を閉《と》じたまま、もう一度、澤口《さわぐち》の言葉を思《おも》い浮《う》かべる。
『続き、期待してる』
あの言葉は、きっと嘘《うそ》じゃなかった。澤口《さわぐち》が本心から、あたしに言ってくれた言葉だ。
それなのに、あたしは……嘘《うそ》ばっかりだ。
ベッドの上に転がった、真っ暗なスマホの画面を見下ろす。
「もう……続きなんか書けないよ……」
その日からあたしは、サイトにログインするのをやめた。
そしてあんなに好きだった「小説を書くこと」もやめてしまった。

＊＊＊

「ちょっと見てよ、あいつ。またへんな本読んでる」

休み時間、女の子たちのくすくすとした笑い声が聞こえる。あたしは振《ふ》り返《かえ》らないまま、みんなと一緒《いっしょ》に笑う。笑いながら、胸《むね》がずきずきと痛《いた》む。

「あいつ」が誰《だれ》かなんて、見なくてもわかるから。

「そういえば卒業式の席さぁ、あたしあいつのとなりなんだけどぉ」

「ひゃー、瑞穂《みずほ》、かわいそう」

「サイアクだねぇ」

あたしと澤口《さわぐち》が図書館にいるところを見られた日から、澤口《さわぐち》へのからかいはひどくなった。

だけど誰《だれ》もそれを「やめよう」とは言わない。

そして澤口《さわぐち》も、なにも言い返してこなかった。瑞穂《みずほ》にも、あたしにも。

あたしたちの悪口、全部聞こえているに決まってるのに。

平気なふりをしているけれど、平気じゃないに決まってるのに。

澤口《さわぐち》は……なにを考えているんだろう。

バカにしているのかな？　こんなバカなことをしているあたしたちを。

澤口《さわぐち》のことを考えると、胸《むね》の奥《おく》がぎゅうっと苦しくなる。

なにげなく見下ろした、算数ノートの端《はし》っこに、消しゴムで消したあとが見えた。学校で思いついた小説のアイデアは、もう全部消してしまった。

少し前まで、夢中《むちゅう》になって小説を書いていたことを思い出す。

……楽しかったなぁ、小説書くの。うれしかったなぁ、小説読んでもらえるの。

あたしは消えてしまった文字の上を、人差し指でそっとなぞる。

お話を考えて、文章を書いて、投稿《とうこう》して、感想をもらって……毎日が生き生きとしていた。あたしの大好きな時間だった。

それなのに……。

ノートの上で、ぎゅっと両手を握《にぎ》りしめる。

いまならまだ、間に合うかな？　澤口《さわぐち》は許《ゆる》してくれるかな？

澤口《さわぐち》に謝《あやま》りたい。澤口《さわぐち》と話したい。

澤口《さわぐち》にあたしの書いた小説を、また読んでもらいたい。

「楽しみにしてる」って、また言ってもらいたい。

気づけば自分のことばかり考えていて、小さくため息がもれる。

こんな自分にも、あたしは嫌気《いやけ》がさしていた。

「うららん？　どうかした？」

瑞穂《みずほ》の声に、はっと我《われ》に返る。

「ううん。べつに」

振《ふ》り返《かえ》ると、あたしの後ろで、瑞穂《みずほ》がにっと笑った。

「ねぇ、うららん。今日、一緒《いっしょ》に宿題やろうよ」

「……うん。いいよ」

「よかったぁ、うららん、やっぱり頼《たよ》りになるぅー」

瑞穂《みずほ》が背中《せなか》に抱《だ》きついてくる。あたしは笑って、瑞穂《みずほ》の体を受け止める。

仕方ないんだ。

だってこうしないと、あたしはこの教室にいられなくなる。

ひとりぼっちになるのは、こわい。あいつは大丈夫《だいじょうぶ》かもしれないけど、あたしは大丈夫《だいじょうぶ》じゃない。あたしはあいつみたいに強くない。

消しゴムのあとがついたノートを、ぱたんっと閉《と》じる。

澤口《さわぐち》と口をきかないまま日々は流れ、六年生が終わりに近づいていく。

そして三月――あたしたちは卒業式を迎《むか》えた。

＊＊＊

「六年生のみなさん、ご卒業おめでとうございます」

静まり返った体育館に、校長先生の声が響《ひび》く。その言葉をぼんやりと聞きながら、あたしは斜《なな》め前《まえ》の方向を見つめていた。

いつものトレーナーとは違《ちが》う、紺色《こんいろ》のブレザーを着た澤口《さわぐち》の背中《せなか》だ。

今日、小学校を卒業したら、もうあの教室で澤口《さわぐち》の姿《すがた》を見ることはなくなる。

でもこの学校の子たちは、ほとんどが同じ中学校に進学する。

つまりまた澤口《さわぐち》と、同じクラスになるかもしれないのだ。

「みなさんの中学校での活躍《かつやく》を、期待しています」

あたし、こんな気持ちのまま、中学校生活なんて送れるのかな……。

お別れの歌を歌いながら、頭のなかで考える。

ほんとうはわかっているんだ。あたしがしなくちゃいけないこと。

でも……。

澤口《さわぐち》のとなりで、大きなリボンのついた髪《かみ》が揺《ゆ》れた。

あたしはそっと、瑞穂《みずほ》の後《うし》ろ姿《すがた》から、視線《しせん》をそらした。


「うららんー、早く早く！」

無事に式が終わり、教室に置いてあった荷物や卒業証書《そつぎょうしょうしょ》を抱《かか》えて、あたしたちは連れ立って昇降口《しょうこうぐち》に向かう。

窓《まど》から見える空は水色で、校舎《こうしゃ》の外には、春のやわらかな光が降《ふ》り注《そそ》いでいた。

「校庭でママが写真撮《と》ってくれるって！　うららんも早くおいでよ！」

「うん。いま行く！」

靴《くつ》を履《は》き替《か》え、瑞穂《みずほ》のあとを追いかける。

ほとんどの子たちはもう外に出ていて、友だちや先生とおしゃべりをしたり、お母さんやお父さんに写真を撮《と》ってもらったりしていた。

「あっ」

「どうしたの？　うららん」

「上履《うわば》き、置いてきちゃった」

学校で使っていた荷物は、全部持ち帰らないといけないのに、あたしの上履《うわば》き袋《ぶくろ》は空っぽだ。

　立ち止まった瑞穂《みずほ》が、頬《ほお》を膨《ふく》らませる。

「もうー、なにやってんの？　うららん。忘《わす》れたらダメじゃん」

「ごめん。取ってくるから、先行ってて！」

「しょうがないなぁ、うららんは。早くしてよ。ママが待ってるんだから」

「うん。ダッシュで取ってくる！」

膨《ふく》れっ面《つら》の瑞穂《みずほ》に背中《せなか》を向けて、校舎《こうしゃ》から出てくるひとの群《む》れに逆《さか》らうように、あたしは下駄箱《げたばこ》へ走った。


「あった、あった！」

　卒業生が出ていってしまった昇降口《しょうこうぐち》は、ひと気がなく静まり返っていた。空になった下駄箱《げたばこ》に、あたしの上履《うわば》きと、誰《だれ》かの靴《くつ》が残っている。

いそいで上履《うわば》きを手に取り、袋《ふくろ》に入れようとしたそのとき……心臓《しんぞう》がドキッと跳《は》ねた。

「嘘《うそ》……」

　あたしはあわててその場から離《はな》れる。あわてすぎて、片方《かたほう》の上履《うわ》《ば》きが床《ゆか》に落ちてしまったけど、拾わずに柱の陰《かげ》に隠《かく》れた。
だって……下駄箱《げたばこ》の向こうに、澤口《さわぐち》の姿《すがた》が見えたから。
あたしの心臓《しんぞう》が壊《こわ》れそうなほど、バクバク動いている。
澤口《さわぐち》はいつもと変わらず、つまらなそうな表情《ひょうじょう》で、廊下《ろうか》を歩いてきた。そして
あたしたちのクラスの下駄箱《げたばこ》の前で、足を止める。残っていたあの靴《くつ》は、澤口《さわぐち》の
だったのだ。
あたしは柱に張《は》りつき、必死に体を隠《かく》しながら、視線《しせん》だけはそちらへ向けた。
青いネクタイをしめた澤口《さわぐち》は、今日もひとりだった。友だちとも、お母さんや
お父さんとも一緒《いっしょ》じゃなかった。ひとりだけみんなと違《ちが》うのに、澤口《さわぐち》はそれを隠《かく》
そうとしない。
「……どうしよう」
澤口《さわぐち》が靴《くつ》に履《は》き替《か》え、上履《うわば》きをしまっている。
ドキドキしながらも、あたしは考えていた。
もしかしていまなら……澤口《さわぐち》に声をかけられるかもしれない。
まわりには瑞穂《みずほ》も他の友だちもいない。いそいで声をかけて、あの日のことを
謝《あやま》れば……澤口《さわぐち》はまたあたしの小説を、読んでくれるかもしれない。

柱の陰《かげ》で、ぐっと手を握《にぎ》りしめる。心臓《しんぞう》のバクバクが、さらに激《はげ》しくなる。

「さわ……」

鉛《なまり》のように重たい足を踏《ふ》み出《だ》そうとしたとき、澤口《さわぐち》が動きを止めた。

「あっ」

あたしは飛び出しかけた体を、もう一度柱の陰《かげ》に戻《もど》す。

澤口《さわぐち》はあたしが落とした上履《うわば》きを、じっと見下ろしていた。

あたしの名前が書いてある上履《うわば》きを。

不安とあせりで、心がいっぱいになる。

澤口《さわぐち》はきっと怒《おこ》っている。

あんなこと言ったあたしを、怒《おこ》っているに決まってる。

でも、でも……あのときは、ああ言うしかなくて……仕方なかったから……。

少しの間立ち止まっていた澤口《さわぐち》が、ちょっと腰《こし》をかがめて、手を伸《の》ばす。そして落ちている上履《うわば》きを拾うと、下駄箱《げたばこ》のなかにそっと入れた。それから何事《なにごと》もなかったかのように、黙《だま》って外へ出ていく。

その途端《とたん》、全身の力が抜《ぬ》けて、あたしはその場にしゃがみ込《こ》んでしまった。柱に背中《せなか》を預《あず》け、持っていた荷物を抱《だ》きしめる。

やっぱり……謝《あやま》れなかった。

柱の陰《かげ》から、おそるおそる顔を出し、去っていく澤口《さわぐち》の背中《せなか》を見つめる。見慣《みな》れない紺色《こんいろ》のブレザー。ちょっと猫背《ねこぜ》の背中《せなか》。春の、まだ明るい日差しのなかに、その後《うし》ろ姿《すがた》が消えていく。

あたしはのろのろと立ち上がると、下駄箱《げたばこ》の前に移動《いどう》した。あたしの名前が書いてある場所に、片方《かたほう》だけの上履《うわば》きが残っている。

「澤口《さわぐち》……」

あたしはそれを手に取ると、上履《うわば》き袋《ぶくろ》のなかに押《お》し込《こ》んで、校庭に向かって走った。

「ごめん……」

「うららん、遅《おそ》いよー」

校庭は、少し強い風が吹《ふ》いていた。つぼみの膨《ふく》らんだ桜《さくら》の木と、あたしのチェックのスカートが、風に揺《ゆ》れる。

みんなのもとへ駆《か》け寄《よ》ると、瑞穂《みずほ》があたしの顔を、不思議そうにのぞき込《こ》んできた。

「あれ？　うららん、泣いてる？」

あわてて目元をこすると、なぜだかちょっぴり濡《ぬ》れていた。

「卒業式、泣くほどかなしかった？　中学生になっても、みんな一緒《いっしょ》じゃーん」

瑞穂《みずほ》がぴょんっと跳《は》ねて、抱《だ》きついてくる。

「……そうだね」

笑顔《えがお》を作って視線《しせん》を上げたら、太陽の光がまぶしくて、あたしはもう一度、目元を強くこすった。

＊＊＊

それから数週間後、あたしは中学生になった。

ちょっと緊張《きんちょう》して、中学校の校門をくぐると、瑞穂《みずほ》がポニーテールを揺《ゆ》らし、駆《か》け寄《よ》ってきた。

「うららんー、またあたしたち同じクラスだよー」

抱《だ》きついてくる瑞穂《みずほ》を受け止めながら、きっとあたしと瑞穂《みずほ》は離《はな》れられない運命なんだな、と思う。

なんだか小説の世界みたいだけど、これが現実《げんじつ》なんだ。

「よろしくねー、うららん！」

「うん。よろしく。瑞穂《みずほ》」

私服《しふく》から制服《せいふく》になっても、あたしは偽物《にせもの》の笑顔《えがお》を貼《は》りつけたまま。

あたしはなんにも、変わっていない。

「見て見てー、菜摘《なつみ》とも一緒《いっしょ》だよ！　楽しいクラスになりそうでよかったぁ」

瑞穂《みずほ》が見せてくれた、クラス発表のプリントを見ると、澤口《さわぐち》は別のクラスだった。それを知ったとき、どこかほっとしている自分がいた。

「一緒《いっしょ》に教室行こう！　うららん」

「……うん」

新学年は、勝負のときでもある。

新しい校舎《こうしゃ》、新しい教室、新しい友だち……そこからはみ出さないよう、あたしは笑顔《えがお》を作る。

狭《せま》い水槽《すいそう》のような教室のなか、溺《おぼ》れて沈《しず》むのはこわいから。

酸素《さんそ》が足りない金魚みたいに、口をパクパクさせながらも、あたしはみんなのあとを追いかけて、必死に泳いだ。

たまに廊下《ろうか》で見かける澤口《さわぐち》は、やっぱりいつもひとりでいた。少し背中《せなか》を丸めて、片手《かたて》には本を持って。

澤口《さわぐち》も、変わっていないように思えた。

そしてその姿《すがた》を見かけるたび、あたしの胸《むね》はキリキリ痛《いた》んだけれど……もうあのころのことは思い出したくなかった。

だからこの気持ちは、忘《わす》れようって決めた。

そうするのが一番楽だったから。一番なにも考えなくてよかったから。

これでよかったんだ。こうするしかなかったんだ。

何度も何度も自分に言い聞かせるようにして、あたしは澤口《さわぐち》の存在《そんざい》を、無理やり記憶《きおく》から消していた。


そう、中二になって、はじめて図書委員会が開かれた、今日までは――

第5章　深く沈《しず》んでいく

静まり返った図書室のなか、三年生がなにかしゃべっている。おそらくこれからしなくちゃいけない図書委員の仕事を、説明してくれているのだろう。

でもあたしの頭にはなんにも入ってこなかった。ただ体の右側がつめたくて、あたしは息をひそめ、シャーペンを握《にぎ》ったままじっと動きを止めていた。

「ではこれで、今日の委員会を終わりにします」

その言葉とともに、まわりの生徒たちがガタガタと音を鳴らして立ち上がる。永遠《えいえん》に続く気がした委員会が、やっと終わった。

ほっと息をついたけど、あたしは席を立てない。あたしのとなりのひとが、立ち上がってくれないからだ。

なんで？　なんでそこにいるの？　あたしになにか言いたいの？　あたしのこと、まだ怒《おこ》っているの？

頭のなかに、次々と疑問《ぎもん》が湧《わ》き上《あ》がってきて、気分が悪くなる。

だって、あのときは仕方なかったから……ああするしかなかったから……。

同時に言《い》い訳《わけ》ばかりが頭に浮《う》かび、忘《わす》れていたはずの思い出と感情《かんじょう》が、一瞬《いっしゅん》でよみがえってきた。

下を向いたまま、ぎゅっとシャーペンを握《にぎ》りしめる。

やっぱりあたしは……なにも変われていないのだ。

小さな笑い声を残し、最後の数人が図書室から出ていった。残っているのは、氷のように固まったままのあたしと、となりに座《すわ》る澤口《さわぐち》だけ。

澤口《さわぐち》はやっぱりなにも言わない。その沈黙《ちんもく》がこわくて、もう耐《た》えられなくて、あたしは自分から声を上げた。

「ねえっ」

右を向く。見えたのは、澤口《さわぐち》の横顔。それは小学校の教室で、じっと本を読み続けていた、記憶《きおく》のなかの澤口《さわぐち》とは違《ちが》っていた。

「い、委員会終わったよ。なんで帰らないの？」

澤口《さわぐち》の表情《ひょうじょう》は変わらない。

「あたしになにか言いたいことあるの？」

心臓《しんぞう》が、口から飛び出すんじゃないかと思うほど、ドキドキしていた。だけどこのままなにもなかったかのようにここから出ていけるほど、あたしはやっぱり図太くなかった。

「言いたいこと、あるんでしょ？」

「……べつに」

澤口《さわぐち》が答えた。あたしの存在《そんざい》に、ちゃんと気づいていたのだ。

それならなんで？

なんであのとき、あんなこと言ったんだとか、なんで急にフォローはずしたんだとか、言いたいことはたくさんあるはずなのに。

なんでなにも言ってくれないのよ？

心のなかが、もやもやして、ひりひり痛《いた》い。

こんな想《おも》いをするのなら、いっそ言ってもらったほうが、楽になれるのに……。

そのほうが、「ごめんね」って謝《あやま》れるのに……。

だけど澤口《さわぐち》はなにも言ってくれない。あたしはもう、いまさら素直《すなお》に謝《あやま》るなんて、できなくなってしまっていた。

思わず言葉に詰《つ》まって、奥歯《おくば》を噛《か》みしめる。

久《ひさ》しぶりに聞いた澤口《さわぐち》のつまらなそうな口調は、小学校のころとまったく変わっていなかった。ただその声はずいぶん低くなって、やけに大人っぽく感じた。

澤口《さわぐち》はあたしを見ないまま、持っていたリュックのなかから一冊《さつ》の本を取り出した。

「あ……」

それはあたしがあの日、澤口《さわぐち》から借りたラノベの続刊《ぞっかん》だった。借りた本は返しそびれて、まだあたしの家にある。

懐《なつ》かしい痛《いた》みが、胸《むね》の奥《おく》をチクチク刺《さ》してくる。

「おれはここで本を読みたいだけ。用がないならさっさと帰れよ」

あたしはノートの上でぎゅっとシャーペンを握《にぎ》った。そしてそれをペンケースにしまい、ノートと一緒《いっしょ》に脇《わき》に抱《かか》えて立ち上がる。

「言われなくても……帰るよ」

椅子《いす》を戻《もど》し、ドアに向かって歩く。

澤口《さわぐち》とはもう二度と会いたくなかった。会うのがこわかった。

だって澤口《さわぐち》に会ったら、あのころのことを思い出してしまう。

嘘《うそ》つきで、まちがいだらけの自分を、認《みと》めなければならなくなる。

だからずっとずっと逃《に》げていた。あたしは澤口《さわぐち》から逃《に》げていた。

なのに――「帰れよ」と言われて出口に向かう足が、こんなに重たいのはどうしてだろう。

「なぁ」

ドアを開け、廊下《ろうか》に足を踏《ふ》み出《だ》したあたしに、澤口《さわぐち》の声が聞こえた。あたしは振《ふ》り向《む》かないまま、足を止める。

「あれ、パクリだよな？」

パッと脳《のう》に浮《う》かんだのは、借りたままの澤口《さわぐち》の本だった。

「あ、あの本は……今度持ってく……」

「そのことじゃない」

わけがわからず、頭のなかで考える。そのあと、さあっと血の気が引いて、一《いっ》瞬《しゅん》呼《こ》吸《きゅう》が止まった。

「他のひとのやつ、パクってるよな？　あんたのあの小説」

深く、息を吐《は》く。

逃《に》げ出《だ》したくなる衝動《しょうどう》をこらえ、ゆっくりと、ゆっくりと振《ふ》り返《かえ》る。

澤口《さわぐち》はあたしを見ていた。あの本の続刊《ぞっかん》を開いたまま、あたしを見ていた。

その目は、すべてを見透《みす》かしているように思えた。あたしは一歩も動けずに、その黒い瞳《ひとみ》に吸《す》い込《こ》まれていく。

じんわりと、額《ひたい》に汗《あせ》が浮《う》かんだ。

＊＊＊

一年前。中学生になったあたしは、また小説を書きはじめていた。

きっかけは、なんとなく。ただの暇《ひま》つぶしだった。

「部活なんか入ってもだるいから、入らないほうがいいよ。遊ぶ時間もなくなるし。ね？　うららんは入らないよね？」

瑞穂《みずほ》のひと言で帰宅部《きたくぶ》に決定したあたしは、放課後はまっすぐ家に帰るだけだった。たまに瑞穂《みずほ》に誘《さそ》われて、遊びに出かけたりしたけれど、毎日ではない。

お母さんには「中学生になったんだから、ちゃんと勉強しなさい」と言われた。でも六年生から中学一年生に一学年変わっただけで、いきなりやる気が出るわけでもない。

そのうちだんだん、部活に入っている生徒たちが、キラキラと輝《かがや》いて見えてきて。

趣味《しゅみ》もなく、瑞穂《みずほ》のあとをついてまわっているだけの自分に、嫌気《いやけ》がさしてきたのだ。

わけもなくイライラして、学校から帰ると自分の部屋に閉《と》じこもった。机《つくえ》に向かって、宿題のワークを開いてみるけど、集中できない。一問も解《と》かずに閉《と》じて、ごろんっとベッドにあおむけになる。

「暇《ひま》だなぁ……」

ベッドの上でごろごろしながら、そばにあったスマホを手に取る。なんとなしにネットサーフィンをしていると、かつて小説を投稿《とうこう》していたあのサイトが目についた。

あたしはもう小説を書いていないし、もちろん投稿《とうこう》もしていないけど……。

「暇《ひま》つぶしにのぞいてみるか……」

一瞬《いっしゅん》、澤口《さわぐち》のことが頭をよぎった。だけど、トップページに並《なら》んでいるたくさんの小説が気になってしまい、目についた小説を開いてみる。

読みはじめたのは、特に人気があるわけでもない、まったく知らないひとが書いた恋愛《れんあい》小説だった。ただの暇《ひま》つぶしのはずだったのに、すぐに物語の世界に引《ひ》き込《こ》まれ、気づけばラストまで読んでしまった。

「うわぁ、このお話、すごくいい！」

一作読み終わると、もっと読んでみたくなり、別の作品も読みはじめる。

さっきまで時計の針《はり》がぜんぜん動いていないように感じたのに、気づくとあっという間に時が流れていた。

やっぱりネットの世界はすごい。あふれるほどの小説のなかから、自分好みのお話を探《さが》して、それを読める。なかにはびっくりするほど上手《じょうず》で、感動的なお話もあって、そういう作品に出会えたときは、ものすごくラッキーな気分になる。

読んでいるうちに、自分もまた書きたくなってきた。

「あたしも、ひとを感動させるお話、書いてみたいなぁ……」

天井《てんじょう》を見つめ、小説を書いていたころを思い出す。

頭のなかに、次々と浮《う》かんでくる、あたしだけのストーリーやキャラクター。それを自分の言葉で文章にする。

一日中、そのことばかり考えてしまって……毎日夢中《むちゅう》で充実《じゅうじつ》していた。

「またあんなふうに過《す》ごせたら、楽しいのに……」

ベッドの上に起き上がり、スマホを見つめる。ゆっくりと指を動かして、文字を打ってみる。

じつは少しだけ、頭のなかで考えていたアイデアがあったんだ。まだちゃんとした物語になるかわからないし、誰《だれ》かに読んでもらうつもりもないけれど。

そこであたしは指を止めた。

「……誰《だれ》かに読んでもらう？」

頭をよぎるのは、やっぱり澤口《さわぐち》のこと。

『おれが読むよ』

澤口《さわぐち》が言ってくれた言葉を思い出し、ぶるぶるっと首を横に振《ふ》る。

あたしはその記《き》憶《おく》を頭から振《ふ》り払《はら》うと、また指を動かした。

すると懐《なつ》かしい感《かん》触《しょく》がよみがえり、すらすらと言葉が湧《わ》き上《あ》がってきて、あっという間に物語の冒《ぼう》頭《とう》ができあがった。

読み返してみると、なかなかいい感じがした。

「いいじゃん。これ！」

その日からあたしは再《ふた》び、小説を書きはじめたのだ。

＊＊＊

今度の小説は、切なくて泣ける青春恋愛《れんあい》ものにした。

主人公は高校生。自分とはまったく違《ちが》う、やさしい女の子。あたしみたいに自分のために嘘《うそ》をつくんじゃなくて、相手の幸せのために嘘《うそ》をつく。

あたしもほんとうはこんなふうになりたいっていう願望なのかも。

でも小説のなかなら、あたしはどんな主人公にもなれる。

舞台《ぶたい》は海辺の町にした。あたしが住んでいるところとは違《ちが》う町。

おばあちゃんちが海のそばだから、夏休みに遊びに行ったときのことを思い出して舞台《ぶたい》に決めた。

小説の舞台《ぶたい》は、どこにだってできる。行ったことのない町だって、海外だって、異世界《いせかい》だって、好きな場所を舞台《ぶたい》にできるのだ。

今回は以前のように、ご飯を食べていても、お風呂《ふろ》に入っていても、勉強をしていても、物語が湧《わ》き上《あ》がってきて、書きたい！　と思ったわけではない。

ほんとうに気が向いたときに、ベッドに寝転《ねころ》んで、スマホでポチポチ文章を打《う》ち込《こ》んだだけだ。

それでも物語を考えているときは、わくわくして楽しかった。気持ちよく呼吸《こきゅう》をしながら、自由に泳ぎまわれている気がした。

書いた文章がたまってくると、なんとなくうずうずしてきた。

一生懸命《いっしょうけんめい》書いたあたしの小説を、誰《だれ》かに読んでもらいたい！

感想を聞かせてほしい！

どうしてもその気持ちが、湧《わ》き上《あ》がってきてしまう。

あたしはまだ小説を書いていることを、お母さんやお父さんに話せていなかった。もちろん学校の友だちにも話していない。

だったらどうすれば……宿題をしていた手を止める。机《つくえ》の端《はし》に置いてあるスマホをちらっと見る。

その方法はもうわかっている。

手を伸《の》ばし、そっとスマホを手に取った。ドキドキしながら、久《ひさ》しぶりに投稿《とうこう》サイトにログインしてみる。

そこにはあたしの、書きかけの小説が残っていた。

あの日、ログインするのをやめてしまってから、ずっと放置したままの作品。

ブックマークは「0」。あのころ読んでくれた読者は、いつの間にかいなくなっていた。そしてあたしのたったひとりのフォロワーも……もういなかった。

「当たり前だよね……」

小さくため息をついて、その小説を削除《さくじょ》しようと思った。だってこの小説を見ると、あたしが小六のときにしたひどいことを、思い出してしまうから。

削除《さくじょ》の方法は簡単《かんたん》だった。指先で画面をタップするだけでいい。とても簡単《かんたん》――なはずだった。

だけどそれをしようとすると、指が急に動かなくなってしまって、あたしにはどうしてもできない。

どうしてかな。この小説には、あたしの汚《きたな》い思い出と一緒《いっしょ》に、あのきれいな金色の思い出も詰《つ》まっているからかな。

雨の降《ふ》る教室で、はじめて澤口《さわぐち》としゃべったこと。小説投稿《とうこう》を薦《すす》めてもらったこと。あたしの書いた作品を読んでもらったこと。ブックマークのついたよろこびを、一番に澤口《さわぐち》に伝えたかったこと。夕暮《ゆうぐ》れの図書館で、ふたりで本を読んだこと。

あのころは、ほんとうに楽しかった。一番素直《すなお》な、あたしでいられた。

鼻の奥《おく》がつんっとして、目頭《めがしら》が熱くなってきた。

澤口《さわぐち》と、もう一度話したい。ちゃんと面と向かって謝《あやま》りたい。

……だけどできない。

逃《に》げてばかりのあたしは、あのしあわせな時間には、もう戻《もど》れないのだ。

自分の身勝手さにうんざりしながら、あたしは画面を変えた。

新規投稿《しんきとうこう》ページ。

そして暇《ひま》つぶしに書いた新しい小説の冒頭《ぼうとう》部分を、やけくそみたいに投稿《とうこう》した。

するとすぐに「1」という数字が画面に浮《う》かんだ。あたしの小説を誰《だれ》かがブックマークしてくれたのだ。

「え?」

首をかしげているうちにまたブックマークがつき、知らないユーザーがコメントをくれた。

『はじめまして。第一話読みました。主人公の女の子にすごく共感して、物語に入《はい》り込《こ》んでしまいました。次回も楽しみにしています』

そして「0」だったフォロワー数も「1」に増《ふ》える。

「……嘘《うそ》でしょ?」

信じられなかった。以前投稿《とうこう》したときは、読んでくれるひとなんてほとんどゼ口に近かったのに。

こんなあたしが書いた小説を読んでくれて、コメントまでくれるなんて。

胸《むね》の奥《おく》が、じんわりと熱くなるのを感じた。

＊＊＊

その日からあたしは、書きためていた話を次々投稿《とうこう》していった。

更新《こうしん》が途切《とぎ》れないよう、続きもどんどん書いた。

家でも学校でも、いいアイデアがあれば、メモに書《か》き留《と》める。小学校のころしていたみたいに、クラスの友だちや先生を、観察するようにもなった。

学校は小説のネタだらけだ。

友だちとの会話や、おもしろい先生の話、授業《じゅぎょう》中にあったできごと、校舎《こうしゃ》や校庭の風景……ネタになりそうなものは、全部メモした。

放課後になると、瑞穂《みずほ》に誘《さそ》われない日は、ダッシュで教室を出る。

靴《くつ》を履《は》き替《か》え、外へ出ると、校庭で練習している運動部の姿《すがた》が見えた。

泥《どろ》だらけのユニフォームで、大声を上げている野球部。必死にボールを追いかけ、走りまわっているサッカー部。テニス部は一列に並《なら》んで素振《すぶ》りをしている。体育館のほうからは、バスケ部がボールを弾《はず》ませる音が聞こえてきた。

少し前までは、そんなみんなから目をそむけて、こそこそ逃《に》げるように帰っていた。あたしだけが、がんばっていないような気がしていたから。

だけどいまは違《ちが》う。あたしは小説を書いているんだ。帰宅部《きたくぶ》だからって、なにもしていないわけじゃない。試合中に活躍《かつやく》して褒《ほ》められることもないし、いい成《せい》績《せき》を残して表彰《ひょうしょう》されることもないけれど……。

「早く帰って、続きを書こう！」

校舎《こうしゃ》から流れてくる合唱部の歌声を背《せ》に、あたしは走って校門を飛び出した。


家に帰っても、あたしの頭は、物語のことでいっぱいだった。

ご飯を食べているときも、お風呂《ふろ》に入っているときも、そのことばかり考えてしまう。

書きはじめたら止まらなくなって、毎晩遅《まいばんおそ》くまで起きていたら、朝寝坊《あさねぼう》してしまい、お母さんに怒《おこ》られた。

「麗《うらら》。あんなに早く寝《ね》なさいって言ったじゃない。毎晩遅《まいばんおそ》くまでなにしてるの？」

「ごめん、お母さん。いま忙《いそが》しいの。話しかけないで」

「忙《いそが》しいって……スマホいじってるだけじゃない。ちゃんと勉強してるんでしょうね？」

「あー、だから話しかけないで！　いますっごくいいシーンなんだから！」

「いいシーンって、なんのこと？　いいから早くご飯食べちゃいなさい！」

お母さんはわかってない。小説を書くって、こんなに楽しいってことを。


毎晩寝《まいばんね》る前に、その日書いた小説を投稿《とうこう》した。

するとおもしろいほどにブックマークが増《ふ》えていき、アクセス数も増加《ぞうか》し、フォロワーも増《ふ》え、知らないひとが次々とコメントをくれた。

『URARAさんの作品、毎日読んでます』

『泣けました。続きが楽しみです』

気分がよくなった。あたしはまた続きを更新《こうしん》する。また読者が増《ふ》える。

『今日も更新《こうしん》ありがとうございます』

『超感動作《ちょうかんどうさく》です。友だちにもオススメしました』

「あ、はは……」

こんな中学生の、なんのとりえもない女の子が書いている小説を、みんながめちゃくちゃ褒《ほ》めてくれる。

小学生のころに書いたものから、ほとんど成長していないはずなのに。変わったのは、澤口《さわぐち》の真似《まね》をして、いろんなウェブ小説を読んで参考にしたくらいだ。

なのに——あのころが嘘《うそ》のように、みんなが読んでくれる。

「へんなのぉ……」

ベッドに転がってスマホをながめる。

教室でのあたしは、中学生になっても、あいかわらずつまらない子だった。

顔はたいしてかわいくないし、おしゃべりだって上手《うま》くない。成績《せいせき》も普通《ふつう》だし、スポーツが得意《とくい》なわけでもない。本を読むのはいまでも好きだったけど、まわりに同じ趣味《しゅみ》の子はいなかった。

『だってあいつ、いっつもひとりで本読んでてさぁ。誰《だれ》ともしゃべらないで、いったいなにが楽しいんだろうねぇ？』

あたしの頭にこびりついている、瑞穂《みずほ》の声。思い出すたびに、ぶるっと体が震《ふる》える。

そんなこと言われたくない。言われたらおしまいだ。狭《せま》い教室のなか、窒息《ちっそく》しそうになりながら毎日を過《す》ごすなんて、耐《た》えられない。

だからあたしは中学生になっても、学校で本なんて読まない。自分の「好きなもの」を隠《かく》して、瑞穂《みずほ》のグループに、金魚のふんみたいについていく。興味《きょうみ》のない話に笑って、行きたくもない場所につきあう。

「楽しいね」

「おいしいね」

「瑞穂《みずほ》の言うとおりだよ」

溺《おぼ》れないように。沈《しず》まないように。嘘《うそ》を重ねる。

でもネットの世界のあたしは違《ちが》った。

あたしの作品はどんどん人気が出て、ランキングも上がっていった。

「なにこれ。おかしすぎる」

続きを書けば書くほど、読者が増《ふ》える。

よく「バズる」とか「バズった」とか聞くけれど、こういうことを言うのかな？

ただあたしの場合は、ほんとうにきっかけがわからなかった。

ちょうどみんなの目につく時間に、投稿《とうこう》したからかもしれない。

誰《だれ》かひとりが気に入ってくれて、どこかで広めてくれたのかもしれない。

一度人気が出ると、サイトの目立つ場所に掲載《けいさい》されるから、さらに読んでくれるひとが増《ふ》えたのかもしれない。

運、タイミング、偶然《ぐうぜん》……きっといろんなことが重なりあって、こんな不思議なことが起きたんだ。

でも目立てば目立つほど、いやなことも起きる。

『あなたの作品、どこがおもしろいのかわからない』

『これがランキング入りってありえないでしょ』

『どっかで見たような話ですね』

『いつもワンパターンで、はっきり言ってつまらない』

たまにあたしの作品を否定《ひてい》するようなコメントが来たけど、そういうのは全部ブロックした。

いやな意見なんか聞きたくない。だいたいあたしの作品が気に入らないなら、読まなきゃいいのに。読んでわざわざ悪口を書《か》き込《こ》むなんて、バカみたい。

顔が見えないからって、なにを言ってもいいわけじゃない。そんなのは、ぜったい間違《まちが》ってる。作品を書いているのは機械じゃない。生きている人間なんだ。

だからひどいことを言われれば、普通《ふつう》に傷《きず》つく。

あたしはアンチコメントを片《かた》っ端《ぱし》から削除《さくじょ》して、そのユーザーをブロックした。

だけどありがたいことに、ムカつく何人かをブロックしても、あたしを応援《おうえん》してくれるひとは増《ふ》え続《つづ》けた。

いい気分になって、ストーリーもすいすい進んだ。小学生のころのように、書きたいシーンが頭のなかに、次々と浮《う》かんできた。

いきおいのまま書ききって、すべて投稿《とうこう》して完結したら、さらに読者が増《ふ》えて、あたしは笑いが止まらなかった。

「なんなのこれ。あたしマジで小説家になれちゃったりして」

スマホをながめたまま、ベッドの上に寝転《ねころ》ぶ。ほんとうに笑いが止まらない。

投稿《とうこう》を再開《さいかい》したとき「0」だったフォロワー数も、いまでは四桁《けた》だ。

『完結おめでとうございます！』

『感動しました。すばらしい作品をありがとうございました！』

『URARAさんの小説サイコーです』

顔も本名も知らないひとたちが、お祝いのコメントを次々とくれる。

ベッドの上で、お気に入りのお菓子《かし》を食べながら、いい気分で画面をスクロールした。でもあるコメントで、あたしの指がぴたりと止まった。

『次の作品も楽しみにしています』

次の作品？

あたしはベッドの上に体を起こして考える。

次の作品なんてなかった。完結した作品は、中学生になって書きはじめて、はじめて最後まで書いた物語だった。

どうしよう。なにか書かなくちゃ……。

＊＊＊

ピコンッ――

夕食を食べているテーブルの上で、スマホの通知音が鳴った。あたしはびくっと震《ふる》えて、箸《はし》を止める。食事をしているお母さんが顔をしかめ、いまにも小言を言いそうに口を開く。

「ごちそうさまっ！」

素早《すばや》く席を立ち、スマホをつかむと、いそいで自分の部屋へ駆《か》け込《こ》む。

投稿《とうこう》サイトを開くと、今日もたくさんのコメントが届《とど》いていた。

『URARAさん、新作はまだですか？』

『早く新しい話を読みたいです』

『やっぱり泣けるお話ですよね？』

『次の作品も期待しています』

あたしは小さくため息をつく。

「わかってるってば」

スマホに向かってつぶやき、あたしは新作に取り組んだ。しかしどうしてか一文字も書けない。

プレッシャーだった。

ぜったいウケる話を書かなきゃいけないっていうプレッシャー。

つまらない話なんか書いたら、もう読んでもらえなくなる。フォロワーも減《へ》ってしまう。ランキングにものることができない。それに、

『URARAの新作つまらなくない？』

『期待して損《そん》した』

『もう読むのやーめた』

URARAさん、新作はまだですか？
早く新しい話を読みたいです
次の作品も期待しています
やっぱり泣けるお話ですよね？

『時間返してください』

そんなことぜったい言われたくない。

だけど書けないと、あたしは冴《さ》えない中学生のままだ。

そんなのいや。あたしはもっとちやほやされたい。

ネットの世界では自由に泳ぎまわりたい。

その日からあたしは、登校中も、授業《じゅぎょう》中も、下校中も、家にいるときも……

一日中、新作のことを考えた。

新作はやっぱり「泣ける小説」だろう。きっと読者のみんなもそれを期待している。みんなの期待に応《こた》えなければ……。

思いついたお話を、スマホに打《う》ち込《こ》んでみる。だけどなんだか気に入らなくて、すぐに消した。書いては消し、書いては消しの繰《く》り返《かえ》し……ちっとも進まなくて、イライラする。

『URARAさーん！　新作まだ？』

『早く～』

毎日、URARAへのコメントは止まらない。

「麗《うらら》！」

お母さんの声にはっとする。

「どうしたの？　お箸《はし》持ったまま、ずっと止まってるじゃない」

「あ……そっか。ご飯中だっけ」

朝から夜まで新作のことで頭がいっぱいで、ぼうっとしてしまった。

「最近いっつもぼうっとしてるけど、大丈夫《だいじょうぶ》なの？　勉強ちゃんとやってる？　もうすぐテストでしょう？」

「やってるよ。大丈夫《だいじょうぶ》」

あたしはいそいでご飯を食べて、また自分の部屋にこもる。

でもほんとうはまだ、テスト勉強をやっていない。勉強どころじゃない。

だって早く新作を書かないと……。

おそるおそるスマホを開くと、またコメントが増《ふ》えていた。

『URARAさんの新作、いつまでも待ってます』

スマホを持ったまま、ぼうぜんとする。

「どうしよう……」

あたしって、どうやってお話作ってたんだっけ？

もう小説の書き方さえも、わからなくなっていた。

ご飯を食べているときも、勉強しているときも、お話のシーンが勝手に浮《う》かび上《あ》がってきて……それをどんどん言葉に変えて、スマホに打《う》ち込《こ》んでいたのに。

でもいまは、なにも頭に浮《う》かばない。なにを書けばいいのかわからない。

「そうだ。小説家の本を読んでみるとか？」

本物の本を読めば、いいアイデアが思《おも》い浮《う》かぶかも？

あたしは部屋の本棚《ほんだな》から、数冊《さつ》の本を取り出して、パラパラとめくった。

小さいころお母さんに買ってもらった、世界の名作や、お父さんに薦《すす》められた、昔の文豪《ぶんごう》の本。

だけどどれもあたしの書いている小説の内容《ないよう》とは違《ちが》いすぎて、あんまり参考にならない気がした。

『URAさん、新作は？　楽しみにしてるんですけど』

「あー、もう。うるさい、うるさい！」

やけくそになって、無理やりお話を書いてみた。だけどやっぱり続かない。続きが書けない。書きかけの中途半端《ちゅうとはんぱ》な物語が、どんどんたまっていくだけだ。

「ああっ、もうっ！」

あたしはスマホを放り投げ、頭を抱《かか》えた。

待って。あたしはただの中学生なんだよ。そんなに次々小説なんて書けるわけない。

そう、ほんとうの世界のあたしは、冴《さ》えない中学生。瑞穂《みずほ》のそばで、おもしろくない話にへらへら笑っているだけ。

でもネットの世界のあたしは、人気作家なのだ。「泣ける小説」で有名な、あの『URARA』なのだ。

瑞穂《みずほ》のような性格《せいかく》の悪い子に、くっついているような人間じゃない。

「こんなお話じゃだめだ。もっとみんなが感動して、泣けるストーリーにしなくちゃ」

泣けるストーリー？

「そういえば……」

あたしはふと思いつき、投稿《とうこう》サイトでウェブ小説を読みはじめたばかりのころにブックマークしてあった、あるページを開いた。

十年前に小説を書いていたひとのページで、一作品だけ完結作が置いてある。

ブックマークは一桁《けた》で、アクセス数は「30」。以前あたしが見た数字と変わっていない。ということは、あれから誰《だれ》も読んでいないのだろう。

「まだ、消されてなかった……」

まったく人気のない作品だけど、偶然《ぐうぜん》見つけたこのお話が、あたしはすごく好きだった。

読みはじめた瞬間《しゅんかん》、胸《むね》にぐさっとなにかが刺《さ》さって、抜《ぬ》けなくなった。ちょっと自分に似《に》ている主人公に共感してしまって、何度も泣いた。ウェブ小説で泣いたのは、それがはじめてだった。

最後まで読み終わったあとも、余韻《よいん》が残りすぎて、なにも手につかなくなってしまって。胸《むね》がいっぱいで、何日もそのお話が頭から離《はな》れてくれなかった。

数日後、また最初から読み返したら、二回目でもやっぱり泣けた。

あたしもこんなすてきなお話が、書けるようになりたい。

誰《だれ》かをこんなふうに、感動させてみたい。

そんなことを思いながら、いつでも読めるようにブックマークしたのだ。

久《ひさ》しぶりにのぞいてみたけれど、アクセスされた形跡《けいせき》はないし、作者さんも、もう投稿《とうこう》していないようだった。

「こんなにすごい作品なのに……もったいない」

ネットの片隅《かたすみ》の、忘《わす》れ去《さ》られた作品。何年間も、ほとんど読まれていない作品。

だったらこれを真似《まね》しても……誰《だれ》にもわからないのでは？

ブックマークしてあった作品を、もう一度読み返す。

「やっぱり好きだな。このお話」

このお話には、あたしの好きなものが、ぎゅっと詰《つ》まっている。

共感できる登場人物も、泣けるシーンも、ラストの清々《すがすが》しさも……まるであたしが書いたみたいに、あたしの心に染《し》み込《こ》んでくる。

それにＵＲＡＲＡのファンも、こういうのがきっと好きだ。

このストーリーなら、つまらないなんて、ぜったい言われない。

あたしはタイトルと登場人物の名前を変え、文章も少しだけ変え、自分の作品のように、下書き画面に入力した。

あとは投稿《とうこう》ボタンを押《お》すだけだ。

――大丈夫《だいじょうぶ》だよね？

ボタンをタップしようとする指が、かすかに震《ふる》える。心のなかの正しい自分が、それを止めようとしているんだ。

『ＵＲＡＲＡさん、新作まだですか？』

『ずっと待ってるんですけど〜』

頭に浮《う》かんだのは、あたしのページに寄《よ》せられた、たくさんのコメント。

押《お》すしかないんだ。だってみんなが待っているから。『URARA』の新作を、楽しみに待ってくれているから。

あたしははじめて投稿《とうこう》したころのように、ぎゅっと目を閉《と》じて、心のなかで「えいっ」と叫《さけ》んでボタンを押《お》した。

——やっちゃった。

おそるおそる目を開く。『投稿《とうこう》しました』という文字が見える。

指で画面を動かすと、『URARA』のページに新作が投稿《とうこう》されていた。

ドキドキした。急に罪悪感《ざいあくかん》が押《お》し寄《よ》せてきた。

やっぱりやめたほうがいいかな？

いますぐ削除《さくじょ》すれば、なかったことにできる。でもまさか、ばれるわけないだろうし。こうするしか、方法はなかったんだし……。

画面の上で、指をうろうろさせていた、そのとき——新しい作品に、ブックマークが「1」ついた。

「あ……」

するとその作品も、見る見るうちにブックマークが増《ふ》えていく。

「みんなが……読んでくれてる……」

うれしいような、こわいような、複雑《ふくざつ》な気持ちでスマホを見つめていると、さっそくコメントも送られてきた。

『URARAさんの新作、待ってました！』

『一話目から泣けた。さすがURARAさん！』

『やっぱりURARAさんのお話、大好きです！』

これはURARAのお話じゃないのに、みんながよろこんでくれている。削除《さくじょ》なんてしたら、このひとたち、がっかりしてしまうよね？

戸惑《とまど》いながらも、あたしは続きを、あの作品を真似《まね》して作った。

＊＊＊

翌日《よくじつ》、おそるおそる二話目を投稿《とうこう》した。だけどやっぱり、誰《だれ》もそれが「URARAの作品じゃない」とは気づかない。

『新作いいですね！　毎日の更新《こうしん》、楽しみにしています！』

『URARAさん、がんばってください！　応援《おうえん》しています！』

新作に寄《よ》せられる、たくさんのコメント。

「これ……大丈夫《だいじょうぶ》なんじゃない？」

みんながあたしを応援《おうえん》してくれている。あたしの作品だと信じている。

投稿《とうこう》サイトには、今日もたくさんの作品が投稿《とうこう》されていた。他のサイトも合わせれば、いったいどれだけの作品が、ネットの海を漂《ただよ》っているのだろう。

だったらあたしの読者が、あの作品に気づく可能性《かのうせい》は、ゼロに近い。

あたしは、ドキドキしながらも、大好きなあの作品を真似《まね》して更新《こうしん》を続けた。

URARAの新作はどんどん人気が出て、ランキングにのるようになった。

『URARAさん！　ランキング入り、おめでとうございます！』

『さすがURARAさん！　このままなら一位を狙《ねら》えますね！』

コメントを読みつつ、自分に言い聞かせる。

「平気平気。少し変えてるし。だいたい無名の素人《しろうと》の、あんな過疎《かそ》ってるページ、誰《だれ》も見るわけない」

そしてあたしは今日も、更新《こうしん》ボタンを押《お》す。

増《ふ》え続《つづ》けるブックマーク。寄《よ》せられてくる応援《おうえん》コメント。上昇《じょうしょう》していくランキング。フォロワーだって二千を超《こ》えてる。

「今日もランキング上がってる！」

学校から帰ると、スマホを持ったままベッドに転がる。自然と口元がゆるんでしまう。

ばれなきゃいいんだ。ばれなければこのまま、あたしは人気作家『URARA』でいられる。

もし誰《だれ》かに指摘《してき》されたらブロックすればいい。大騒《おおさわ》ぎになったらアカウントを消しちゃえばどうってことない。ネットの世界なんてそういうもの。

あたしは自分に寄《よ》せられていた、アンチコメントを思い出す。

顔が見えないこの世界では、好きなだけ悪口を言っても、なにをしてもいい。みんなやってる。あたしもやられた。だからあたしだって……。

と、思っていた。昨日までは。

＊＊＊

『あれ、パクリだよな？』

澤口《さわぐち》にそう言われたあたしは、なにも言えずに図書室を飛び出した。

「どうして……」

どうしてわかったのだろう。澤口《さわぐち》は。

あのひとのページを見ていた？　澤口《さわぐち》が？　ネットの広い海のなか、偶然《ぐうぜん》あの作品にたどり着く確率《かくりつ》は、恐《おそ》ろしく低い。

だったら適当《てきとう》に言っただけかも。小学生のころのことを根に持っていて。

あたしはぶるぶるっと首を振《ふ》る。

いや、違《ちが》う。澤口《さわぐち》はこう言った。はっきりと。

『他のひとのやつ、パクってるよな？　あんたのあの小説』

静まり返った、放課後の廊下《ろうか》で立ちつくす。

ドキドキする胸《むね》を、右手で押《お》さえる。

どうしよう。ばれたんだ。ばれてしまったんだ。一番ばれたくなかったひとに。

しかもそれだけじゃなくて……。

呼吸《こきゅう》を整えるように、深く息を吐《は》く。

澤口《さわぐち》は……澤口《さわぐち》はあたしの小説を——まだ読んでいたの？

第6章 止まらない涙《なみだ》

「うーららん」

瑞穂《みずほ》の声にはっとする。気がつけば帰りのホームルームが終わっていた。

「今日さ、菜摘《なつみ》んちでテスト勉強やるんだけど、うららんも来るでしょ？」

あいかわらず瑞穂《みずほ》は当たり前のように聞いてくる。

だけどあたしはそれどころじゃなかった。頭のなかで昨日からずっと、澤口《さわぐち》に言われた言葉がぐるぐると回っていた。


昨日、図書室を飛び出したあと、あたしは放心状態《じょうたい》で家に帰った。

帰るとすぐ、部屋に駆《か》け込《こ》み、置いてあったスマホで投稿《とうこう》サイトを開いた。

そこには前日あたしが投稿《とうこう》した、最新話が表示《ひょうじ》されている。

心臓《しんぞう》の動きが速くなり、スマホを持つ手にじんわりと汗《あせ》がにじんできた。

あんなところで、澤口《さわぐち》に会うなんて。

澤口《さわぐち》に、あんなことを言われるなんて。

『あれ、パクリだよな？』

手に持ったスマホを、ぎゅっと握《にぎ》りしめる。

そうだ。そのとおり。あたしは他人の作品を盗《ぬす》んだ。

作者さんの許可《きょか》を得《え》ず、無断《むだん》で「自分の書いた作品」として投稿《とうこう》していたのだ。

最初は悪いことをしているという自覚があった。誰《だれ》かに指摘《してき》されたらまずいと思ってビクビクしていた。

だから別の言葉を混《ま》ぜたり、セリフを変えたりして、ばれないように気をつけていたのだ。

それがだんだん――

『今度の作品も、URARAさんっぽくていいですね』

『URARAさんのお話、やっぱり泣ける！』

『続きも楽しみにしています！』

なんだ、誰《だれ》も気づいてないじゃん。

新作が書けなくて悩《なや》んでいたあたしはなんだったの？

ばれるかもってビクビクしていたあたしはなんだったの？

この世界で自由に泳ぎまわるのは、こんなに簡単《かんたん》なことだったのだ。

あたしはもう、自分の言葉に置《お》き換《か》えもせず、あの作品をそのままコピペして投稿《とうこう》していた。

『更新《こうしん》ありがとうございます！』

『続きが早く読みたいです！』

学校から帰ってサイトを開くたび、飛《と》び込《こ》んでくる応援《おうえん》コメント。

嘘《うそ》が日常《にちじょう》になれば、たいして罪悪感《ざいあくかん》が湧《わ》かなくなった。みんなが背中《せなか》を押《お》してくれているような気がした。

あとは機械的に、どんどんコピペを繰《く》り返《かえ》すだけ。

それなのに――

『他のひとのやつ、パクってるよな？　あんたのあの小説』

澤口《さわぐち》にばれた。ばれてしまった。

スマホをベッドに放り投げ、床《ゆか》にうずくまる。

どうしよう。どうしよう。どうしよう――

頭を抱《かか》えたまま、ふと視線《しせん》を上げると、本棚《ほんだな》に立てかけてある一冊《さつ》の本が見えた。

「あ……」

あたしはのろのろと体を動かし、その本を取り出す。

『貸《か》してやるよ』

それは小学生のころ、澤口《さわぐち》が貸《か》してくれた本だった。返しそびれたまま、ずっとあたしの本棚《ほんだな》で眠《ねむ》っていたのだ。

頭のなかに、あのころの記憶《きおく》がよみがえる。

あのころは小説を書くことが楽しくて、たったひとりのひとに読んでもらえることがうれしくて……。

それなのにいまのあたしは、こんなに汚《きたな》いことをしている。

ぎゅっと唇《くちびる》を噛《か》みしめ、本の表紙を見下ろす。

まだ、逃《に》げるつもりなの？

いつまでこんなことを、続けるの？

わかっているんだ、ほんとうは。このままじゃ、だめだって。

ずっと、ずっと、わかっていたんだ。

本を持つ手に力がこもる。あたしはその本を、通学用のリュックにそっと入れた。

「うららん？」

瑞穂《みずほ》の声に、あたしは顔を上げた。

「うららん、聞いてる？　菜摘《なつみ》んちでテスト勉強……」

「ごめん。図書室で図書委員の仕事をしないといけないの」

「えー、今日も？」

瑞穂《みずほ》が不満そうな声を上げる。図書委員を押《お》し付《つ》けたのは瑞穂《みずほ》なのに。

でもほんとうは今日、図書委員の仕事などない。瑞穂《みずほ》たちにつきあいたくないから、あたしは嘘《うそ》をついたのだ。

「じゃあ今度はぜったい、うららんも来てよね？」

「うん……ごめん」

教室を出ていく瑞穂《みずほ》たちを見送ると、リュックを持ち、ひとりで廊下《ろうか》を歩いた。

いつもだったら少しでも早く帰って、小説の続きを書くのに……。

ポケットのなかに手を入れる。そこにはスマホが入っている。学校に持ってきてはいけない決まりだけど、今日は持ってきてしまった。

どうしても落ち着かなかったからだ。

廊下《ろうか》の向こうから生徒たちの笑い声が近づいてくる。知らないひとの声だってわかっているのに、その笑い声があたしを責《せ》めているような気がして、ひやっと体がひえた。

あたしはその場にいられなくなり、走って逃《に》げ出《だ》す。それでも誰《だれ》かが追いかけてくるような気がして、必死に廊下《ろうか》を走り、階段《かいだん》をのぼる。気づいたらあたしは、図書室へ向かっていた。

図書室のドアを開けた瞬間《しゅんかん》、あたしの体が固まった。入ってすぐの貸《か》し出《だ》しカウンターに、澤口《さわぐち》がいたのだ。

「あ……」

澤口《さわぐち》はちょうど本の返却《へんきゃく》手続きの最中で、あたしに気づいていないようだった。あたしはいそいで背中を向け、本棚《ほんだな》から適当《てきとう》に本を一冊《さつ》取り出し、一番奥《おく》の席に座《すわ》った。

本を広げて読んでいるふりをしながら、ちらりとカウンターを見る。本を返した生徒がドアから出ていき、澤口《さわぐち》は先輩《せんぱい》の図書委員となにか話している。

あたしはそっと視線《しせん》をそらし、こそこそと膝《ひざ》の上でスマホの画面を開いた。そしていつもの投稿《とうこう》サイトにログインする。

今日もあたしのページには、たくさんのコメントが届《とど》いていた。指を動かし、ひとつずつ、目を通す。

『今回の展開《てんかい》、驚《おどろ》きでした。URARAさん、天才です！』

URARAは天才なんかじゃない。

『読んでて思わず泣いちゃいました。いつもすてきなお話をありがとう』

すてきなお話を書いたのは、URARAじゃない。

『続きがどうなるのか、次回が待ちきれません！』

続きが読みたければ、あのひとのページに行けば、いますぐ読める。

誰《だれ》にも気づかれないよう、深く息をつく。

このひとたちは気づいてないのだ。

あたしはなんの才能《さいのう》もない、つまらない中学生なんだよ？

嘘《うそ》つきで、誰《だれ》かを傷《きず》つけてばかりの、ひどい人間なんだよ？

それなのにみんな、あたしが小説を更新《こうしん》するのを待っている。

いや、『URARA』が更新《こうしん》するのを待っているんだ。

見ていられなくなって、コメントページを閉《と》じた。そして、かすかに指を震《ふる》わせながら、検索《けんさく》をする。

あたしが以前フォローしていたアカウントを。あたしのはじめての読者だった『ヒロ』というひとを――


「なんで来たの？」

突然《とつぜん》目の前から聞こえた声に、驚《おどろ》いてスマホを落としそうになった。あたしは奥歯《おくば》を噛《か》みしめて、顔を上げる。

そこにいたのは――いま検索《けんさく》していた人物、『ヒロ』だった。

あたしの座《すわ》る席の前に立ち、ちょっと首をかしげ、あたしをにらむように見下ろしている。

あたしはあわてて、検索《けんさく》画面を閉《と》じ、スマホをポケットに突《つ》っ込《こ》んだ。

見られてないよね？　あたしが『ヒロ』を捜《さが》していたこと。

苦しいくらい、心臓《しんぞう》の動きが速くなる。

「なんで来たんだよ。ここに」

とっさにまわりを見わたした。さっきまで本を読んでいた数人がいなくなっていて、カウンターの先輩《せんぱい》もいつの間にか消えている。

「先輩《せんぱい》は帰ったよ。あとはおれに任《まか》せるって」

あたしの気持ちを察したのか、澤口《さわぐち》が言った。

ということはいま、この図書室にいるのは、あたしと澤口《さわぐち》だけ。

「なんでって……」

瑞穂《みずほ》たちと一緒《いっしょ》にいたくなかったから、図書室に来た。違《ちが》う。

廊下《ろうか》で笑われたような気がしたから、図書室に逃《に》げた。違《ちが》う。

ここに来れば、澤口《さわぐち》に会えるような気がしたから——そうだ。あたしは澤口《さわぐち》に会いにきたのだ。

膝《ひざ》の上で、両手をぎゅっと握《にぎ》りしめ、ごくんと唾《つば》を飲《の》み込《こ》む。

「澤口《さわぐち》」

吐《は》いた声が震《ふる》えていた。

「どうして……わかったの？」

澤口《さわぐち》は黙《だま》ってあたしを見ている。

「どうしてあの小説が……あたしの書いたものじゃないって……わかったの？」

こわかった。こわくて、握《にぎ》った手にじわりと汗《あせ》がにじんだ。

はじめて投稿《とうこう》サイトを教えてくれた澤口《さわぐち》。

小説を書くよろこびや、読む楽しさを教えてくれた澤口《さわぐち》。

あたしの知らない世界を、たくさん教えてくれた澤口《さわぐち》。

だから気づかれたくなかった。澤口《さわぐち》だけには、気づかれたくなかった。

澤口《さわぐち》の黒い瞳《ひとみ》が、まっすぐあたしを見つめている。あたしの汚《きたな》い心を、見透《みす》かすように。

こわい。逃《に》げ出《だ》したい。あたしは体を固くする。

でも――

開けっぱなしの窓《まど》から、生ぬるい風が吹《ふ》き込《こ》んだ。窓辺《まどべ》のカーテンが、ふわりと揺《ゆ》れる。

あたしは今日、ここに来た。澤口《さわぐち》はいま、あたしの目の前にいる。

逃《に》げてばかりじゃ、だめなんだ。ここで逃《に》げたら、なにも変われない。あたしは澤口《さわぐち》と向かい合うしかない。

なのに、喉《のど》になにかがつっかえたように、言葉が出てこない。

図書室のなかに、居心地《いごこち》の悪い空気が漂《ただよ》う。いつも静かな室内が、さらに静まり返る。

しばらくの沈黙《ちんもく》のあと、澤口《さわぐち》の低い声が、誰《だれ》もいない図書室に響《ひび》いた。

「わかるよ」

あたしは短く息を吸《す》う。

「あの文体はあんたじゃない。あんたの言葉選びは、もっときれいだった。おれはずっと、あんたの文章読んでたからわかる。だから調べたんだ。文章で検索《けんさく》かけて、パクリ元を特定した」

ぼうぜんとしたまま、澤口《さわぐち》が言った言葉を、頭のなかで繰《く》り返《かえ》した。

『あんたの言葉選びは、もっときれいだった』

そうしたら、はじめて澤口《さわぐち》にあたしの文章を読んでもらった日のことが、鮮明《せんめい》によみがえってきた。

緊張《きんちょう》して、ドキドキしながら、図書館に行ったあの日。

あたしが書いた小説を、誰《だれ》かに読んでもらうなんて恥《は》ずかしかったし、信じられなかった。

でも澤口《さわぐち》はあたしのとなりで、「読んでみたい」って言ってくれた。『きれいな文章ですね』って、コメントで褒《ほ》めてくれた。

誰《だれ》にも話せなかった、話しちゃいけないと思っていた「あたしの好きなこと」。

それを澤口《さわぐち》はバカにしたりしなかった。からかったりしなかった。ちゃんと聞いてくれて、わかってくれた。

あたしはそれが、すごくすごく、うれしかったんだ。

だけどもう、そこには決して戻《もど》れないんだって気づいて、涙《なみだ》が出そうになった。

あの日のうれしさも。恥《は》ずかしさも。胸《むね》がざわざわして、落ち着かない感覚も。

ふたりだけの秘密《ひみつ》を抱《かか》えているような、淡《あわ》い想《おも》いも。

全部、あたしのせいで──

「ごめん……あたし……」

目の奥《おく》が熱くなる。

澤口《さわぐち》の前で泣くなんてずるい。だから必死にこらえた。きっと泣きたかったのはあたしじゃない。澤口《さわぐち》のほうだ。

「あたし、あのとき澤口《さわぐち》のこと……キモいなんて……」

とっさに出たのは、六年生のあの日、教室で言ってしまった、あの言葉に対しての謝罪《しゃざい》だった。

ずっとずっと心の奥底《おくそこ》に引っかかっていて、言いたかったのに言えなかった言葉。

あんなひどいことを言ってしまって。瑞穂《みずほ》たちと一緒《いっしょ》に笑ったりして。最低なことをしたって、自分でちゃんとわかっている。許《ゆる》してもらおうなんて、思っていない。ただずっと、言いたかったんだ。

「ずっと謝《あやま》りた……」

そう言いながら見上げた澤口《さわぐち》の顔は、ひどく曇《くも》っていた。こんな澤口《さわぐち》の表情《ひょうじょう》は、いままで見たことがなかった。

「さわぐ……」

「出てけよ」

あたしの声を、澤口《さわぐち》がさえぎった。はっきりと。

そして机《つくえ》の上に広げてあった本をぱたんと閉《と》じ、それを手に持ち、その場を離《はな》れる。

「あ、澤口《さわぐち》、待って……」

「もう閉館《へいかん》時間だから。おれが鍵《かぎ》かけることになってるんだ」

澤口《さわぐち》は本を本棚《ほんだな》に戻《もど》し、手に持っている鍵《かぎ》をあたしに見せる。

「だからもう、出てってください」

――拒否《きょひ》された。

一瞬《いっしゅん》、世界が真っ暗になる。

あたしは……澤口《さわぐち》に謝《あやま》ることも許《ゆる》されないのだ。

うつむいて、リュックのなかから一冊《さつ》の本を取り出した。あの西日の差す図書館で、澤口《さわぐち》があたしに貸《か》してくれた本だ。

「返すの遅《おそ》くなって……ごめんなさい」

そう言って、澤口《さわぐち》の胸《むね》に本を押《お》し付《つ》ける。澤口《さわぐち》はなにも言わなかった。

あたしは澤口《さわぐち》の顔を見ないまま、早足で図書室を出た。


階段《かいだん》を駆《か》けおりて、ひと気のない廊下《ろうか》を、手の甲《こう》で涙《なみだ》を拭《ぬぐ》いながら走った。

泣かないようにこらえていたのに、どうしても無理だった。

昇降口《しょうこうぐち》まで来て立ち止まると、外からかすかな雨音が聞こえた。いつの間にか、雨が降《ふ》っていたのだ。

もう一度涙《なみだ》を拭《ぬぐ》い、小学校の教室を思い出す。

しとしとと、降《ふ》り続《つづ》いていた雨。窓《まど》を流れていた、透明《とうめい》なしずく。本を読んでいた、澤口《さわぐち》の横顔。

戻《もど》ればいいのに。小説のなかみたいに、このままタイムリープして、あの日に戻《もど》れればいいのに。

そうしたら、あたしは――

校舎《こうしゃ》にチャイムが響《ひび》いた。あたしはふるふると首を振《ふ》る。

できるわけない、そんなこと。これは現実《げんじつ》。物語のなかの世界じゃない。

あたしはスマホを取り出して、ログインした画面を開く。

「もう……やめよう」

指を動かし、『URARA』というアカウントの削除《さくじょ》ページに進む。

あたしがはじめて書いた作品も。嘘《うそ》で固められた作品も。もらったコメントも。

ネットのなかの栄光も。

全部、終わりにしよう。

たとえば――あたしが何日もかけて必死に書いた作品を、誰《だれ》かにコピペされ、誰《だれ》かの作品にされたら。

あたしの知らないところで広まって、誰《だれ》かの作品として賞賛《しょうさん》されていたら。

きっとかなしくて、くやしくて、泣きたいほど腹《はら》が立つ。

やめて。それはあたしが書いた作品なんだから。

勝手にあなたのものにしないで。

ひどい。返して。褒《ほ》められているのはあなたじゃない。いい気にならないで。

きっと、そう思うはず。

気づかれなきゃいいってもんじゃない。

顔が見えないからいいってもんじゃない。

作品を作ったのは、あたしの大好きな作家さん。何度も読み返すほど、すてきな物語を作ってくれたひと。

会ったこともないし、顔を見たこともないけれど……あたしは大好きなひとを傷《きず》つけた。

そして読んでくれたひとたちを、だましてしまった。

いけないことって、わかっていたのに……それをあたしはしていたのだ。

自分で作り上げた作品は、誰《だれ》にとっても大切な宝物《たからもの》に違《ちが》いないのに。

あたしはその気持ちを、誰《だれ》よりもわかっていたはずなのに。

「ごめんなさい……」

でも澤口《さわぐち》に言われなかったら、あたしはいまでも平然と、それを続けていたのだと思う。

嘘《うそ》で誰《だれ》かを傷《きず》つけて、平然と笑っていたはずだ。

よかったんだ、これで。もっと早く、気づくべきだった。
ひと気のない昇降口《しょうこうぐち》に立ちつくし、ぼんやりと光るスマホの画面を見下ろす。
校舎《こうしゃ》の外では、しとしとと雨が降《ふ》り続《つづ》いている。
『本当に削除《さくじょ》しますか？』
最後に現《あらわ》れた確認《かくにん》の文字を、あたしは指でタップした。
『削除《さくじょ》しました』

第7章 ↲

自由に泳ぐために

「うららん？」

二週間後の放課後、頭の上から声が落ちてきて、はっとした。

斜《なな》め後《うし》ろを振《ふ》り向《む》くと、瑞穂《みずほ》があたしを見下ろしている。心配そうな表情《ひょうじょう》で。

「どうしたの、うららん。最近元気ないよね？」

「え、べつに……」

「なにか悩《なや》みでもあるの？　だったら相談にのるよー？」

瑞穂《みずほ》が両手を伸《の》ばし、背中《せなか》に抱《だ》きついてくる。中学生になってから付けはじめた香水の、彼女《かのじょ》お気に入りの甘《あま》い匂《にお》いが、ふわっと鼻先をくすぐる。

図書室に駆《か》け込《こ》んだあの日から、あたしは澤口《さわぐち》に会っていなかった。思い出すと泣けてきて、スマホを見るのもいやだったし、委員会も休んでしまった。

なんだか食欲《しょくよく》もなくなって、お母さんに「具合でも悪いの？」と聞かれてしまったけど、「お菓子《かし》食べすぎただけ」と答えて部屋に閉《と》じこもった。

だけど勉強にも集中できず……この前のテストの結果は最悪。

思い出したら、また泣きたくなってきた。

「だってあたしら、友だちじゃん？」

そんなあたしの耳に、瑞穂《みずほ》の声が聞こえてきた。

友だち？　あたしと瑞穂《みずほ》が友だち？

「そうでしょう？　うららん？」

たしかに瑞穂《みずほ》とは、小学生のころからいつも一緒《いっしょ》にいる。学校ではもちろん、放課後も遊んだり、休日には出かけたり……それが「友だち」というものなのかもしれない。

でもほんとうの友だちだったら、あたしは瑞穂《みずほ》に話しているはず。

たとえお母さんに話せないことでも、ほんとうの友だちにはきっと話せていた。

澤口《さわぐち》とのこと。あたしが小説を書いていたこと。あたしの「好きなもの」のこと。

だけど瑞穂《みずほ》には、ぜったい言えないし、言いたくない。

胸《むね》の奥《おく》に湧《わ》き上《あ》がったもやもやを、ぐっと飲《の》み込《こ》む。

「ありがと。でもほんとになんにもないし」

あたしはそう言って笑顔《えがお》を作る。

「そーお？　もしかして、あたしが図書委員頼《たの》んだこと、根に持ってない？」

「え？」

瑞穂《みずほ》の手が、あたしから離《はな》れた。ひやっと心臓《しんぞう》から体中がひえていく。

「もしかしてあたしのこと怒《おこ》ってるから、最近ノリ悪いんじゃないの？」

「そんなことない。ほんとに」

あわてて首を振《ふ》るあたしを、瑞穂《みずほ》がじっと見下ろしている。

ああ、そうだった。この教室の一軍トップは瑞穂《みずほ》。決して逆《さか》らってはいけない。

トップに「選ばれてしまう」とどうなるか。あたしはよくわかっている。

すると瑞穂《みずほ》が、にっと顔をほころばせて言った。

「じゃあ今日は一緒《いっしょ》に行こ。パフェ食べに」

あたしも笑って、瑞穂《みずほ》に向かってうなずいた。

「うん。行こう」

そのときだった。

「高月《たかつき》」

低い声があたしを呼《よ》んだ。小学生のころとは違《ちが》う、大人っぽい男の子の声。

驚《おどろ》いて顔を上げるあたしの前に、いつの間にか澤口《さわぐち》が立っている。

「え……」

なんで？　なんで澤口《さわぐち》がここにいるの？　うちのクラスじゃないよね？　あたしのこと、怒《おこ》っているんだよね？

もう二度と……話したくないんだよね？

思い出すのは二週間前の図書室。

『だからもう、出てってください』

あたしは澤口《さわぐち》に拒否《きょひ》されたはず。

「ありがとう」や「ごめんなさい」を言うことも、澤口《さわぐち》と一緒《いっしょ》に並《なら》んで本を読むことも、もう許《ゆる》されないはず。

それなのになんで？　どうして？

目の前に立つ澤口《さわぐち》の姿《すがた》を見ながら、たくさんの想《おも》いが、頭のなかでぐるぐると入《い》り交《ま》じる。

「誰《だれ》？　あのひと」

「知らなーい」

後ろから、女の子たちの声が聞こえた。

平然と入ってきた他のクラスの男子生徒を、クラスの子たちが不思議そうに見ている。教室の空気が、ざわざわと揺《ゆ》れ動《うご》くのがわかる。

その空気を感じ取り、あたしははっと気づく。

ちょっと待って。こんなところであたしに話しかけたりしたら……。

あたしは澤口《さわぐち》から目をそむけ、肩《かた》をすくめる。

クラスメイトたちの視線《しせん》。ひそひそ声。すべてがあたしと澤口《さわぐち》に向かっているような気がして、どうしたらいいのかわからない。

「澤口《さわぐち》？」

声を出したのはあたしではなく、瑞穂《みずほ》だった。眉《まゆ》をひそめて、あたしと澤口《さわぐち》の顔を見比《みくら》べている。

全身がひやっとひえた。

あたしは氷のように固まったまま、動くことができない。

「どういうこと？　え、もしかしてうららんって……」

胸《むね》の奥《おく》に、懐《なつ》かしい痛《いた》みがよみがえる。

小学校の教室。図書館から一緒に出てきたところを見られただけで、大騒《おおさわ》ぎになったこと。そこであたしがひどい言葉を放ったこと。

いまでもずっと後悔《こうかい》している、あの日のこと。

「もしかして澤口《さわぐち》と、つきあってんの？」

瑞穂《みずほ》の声が響《ひび》き、まわりの女の子たちが一斉《いっせい》にこっちを見た。あたしはきゅっと体を縮《ちぢ》める。

「え、澤口《さわぐち》って？」

「同じ小学校だった子。前にもうららんとちょっとあってねー」

別の小学校出身の子たちに、瑞穂《みずほ》が得意げにしゃべり出す。

やめて。やめて。もうなにも言わないで。

心のなかで叫《さけ》ぶのに、声にはならない。

あたしは膝《ひざ》の上で、ぎゅっと両手を握《にぎ》りしめる。その前に立つ澤口《さわぐち》は、ひと言も声を出さない。

「え、ちょっとってなにー？」

「いやぁ、うららんと澤口《さわぐち》が、ふたりで図書館行ったりしてたからさー、つきあってるのーってあたしが聞いて」

「つきあってたの？　うららん」

まわりの声が、どんどん大きく膨《ふく》れ上《あ》がる。

男子と女子が仲いいとか、誰《だれ》かと誰《だれ》かがつきあっているとか……そういう話題は、中学二年生のあたしたちにとって、なにより興味《きょうみ》のあることだった。

注目されているのがわかって、あたしはもっと強く両手を握《にぎ》る。

そんなあたしの前に、澤口《さわぐち》がなにかを差し出した。

「これ」

はっと顔を上げる。

「続き。読む？」

澤口《さわぐち》が持っていたのは本だった。あたしが借りていたラノベの続きだ。

ひやりと背中《せなか》に汗《あせ》が流れる。

どうして？　どうして澤口《さわぐち》は、こんなところまでこれを持ってきたの？

こんな、みんなのいる前に。あたしが本を好きなこと、学校では隠《かく》しているって知ってるくせに。

澤口《さわぐち》の顔を見上げる。前髪《まえがみ》の奥《おく》の、澄《す》んだ黒い瞳《ひとみ》。その目はまっすぐに、あたしだけを見つめていた。

まるであたしの心を、すべて見透《みす》かしているかのように。

嘘《うそ》のないその視線《しせん》に、心臓《しんぞう》がぎゅっとつかまれたような気持ちになる。

――澤口《さわぐち》はあたしを、試しているんだ。

唇《くちびる》を引き結び、握《にぎ》った両手に力を込《こ》める。

あたしたちのまわりがざわついている。みんなの視線《しせん》があたしと澤口《さわぐち》に集まる。

壁《かべ》で囲まれた狭《せま》い教室は、水の入った水槽《すいそう》のよう。息が苦しくて、溺《おぼ》れそうになっても、閉《と》じ込《こ》められたこの世界から出られない。

だけど――あたしは息つぎするように、そっと顔を上げる。澤口《さわぐち》は本を差し出したまま、あたしをじっと見下ろしている。

あたしは変わりたかったのだ。澤口《さわぐち》に謝《あやま》って、本を返して、変わりたかった。

溺《おぼ》れたっていい。沈《しず》んだっていい。

嘘《うそ》で固めた自分から、ほんとうの自分に変わりたかった。

好きなものは好き。ひとと違《ちが》ったってかまわない。

いやなものはいや。偽物《にせもの》の笑顔《えがお》でごまかさないで、はっきり伝える。

そういう自分に変わりたかったのだ。

きっと澤口《さわぐち》はそれに気づいている。そしてあたしがほんとうに変われるのか、試している。

ごくんっと唾《つば》を飲《の》み込《こ》んだ。

固まっていた手を、ゆっくりと澤口《さわぐち》に向けて伸《の》ばす。

あたしの目に、表紙のイラストが映《うつ》る。

あたしの好きな本。読みたかった本。澤口《さわぐち》が貸《か》してくれた本。

あたしは澤口《さわぐち》と、もっと本の話をしたい。「好きなもの」の話をしたい。

一緒《いっしょ》に並《なら》んで本を読んで、小説を書いて、感想をもらって……。

あたしは澤口《さわぐち》と、もっともっと仲よくなりたい。

「やっぱりそういう関係なんだ」

瑞穂《みずほ》の声が、届《とど》きそうだったあたしの手を止めた。そしてあたしの代わりに、澤口《さわぐち》から本を奪《うば》った。

「なにこの本、漫画《まんが》？　小説？」

瑞穂《みずほ》が取り上げた本をぱらぱらっとめくる。まわりの子たちがくすくす笑いながらのぞき込《こ》んでくる。あっという間に、瑞穂《みずほ》のまわりに人だかりができる。

「うららん、こういう本読んでるの？」

「知らなかったねー」

みんなのまんなかで、瑞穂《みずほ》が口元をゆるめてあたしを見た。あたしは奥歯《おくば》をぐっと噛《か》みしめる。

澤口《さわぐち》の本が笑われている。あたしに貸《か》してくれようとした本が笑われている。

「えっ、なになに？　どんな本？」

「うわっ、オタクじゃん」

みんなが澤口《さわぐち》を笑っている。あたしのことを笑っている。

胸《むね》の奥《おく》が、じわじわと熱くなってくる。

「うららんって、こんなのが好きだったんだぁ」

瑞穂《みずほ》の声が、あたしの耳に響《ひび》いた。

その瞬間《しゅんかん》、閉《と》じ込《こ》めていた想《おも》いが、一気にあふれ出す音がした。

「こんなの」ってなに？　この本のこと、なんにも知らないくせに。読んだこともないくせに。

おもしろさも、楽しさも、胸《むね》が痛《いた》くなるような切なさも、涙《なみだ》があふれるほどの清々《すがすが》しさも、感じたことないんでしょう？

笑わないでよ。からかわないでよ。

あたしたちの「好きなもの」をバカにしないでよ！

「返して！」

あたしは椅子《いす》から立ち上がり、大きな声を出していた。

瑞穂《みずほ》が一瞬《いっしゅん》、ビクッと肩《かた》を震《ふる》わせる。

「返してよ！　その本」

あたしはまっすぐ手を伸《の》ばす。瑞穂《みずほ》がそれをさっとかわす。

あたしたちのまわりから、笑い声がすうっと消えていく。

「なんなの、マジな顔して」

「うるさい！　それはあたしが貸《か》してもらう本なの！　早く返してよ！」

瑞穂《みずほ》の顔色が変わった。そしてつめたい目で、あたしをにらみつける。

きっと明日から、あたしの世界も変わるだろう。あたしの平凡《へいぼん》な中学校生活は、今日で終わりだ。

だけどそれでいい。そんなもの、もういらない。嘘《うそ》で固められた中学校生活なんて、ぶっ壊《こわ》れてしまえばいい。

「あんたなにえらそーに……」

「いいから返せ！」

あたしは本をつかんだ。

一瞬《いっしゅん》ひるんだ瑞穂《みずほ》が、すぐにその手を強引《ごういん》に引く。

ビリッ――

鈍《にぶ》い音が響《ひび》いた。

「あっ……」

あたしたちの目の前で、本の表紙が無残に破《やぶ》けた。頭のなかが真っ白になる。

「あーあ……」

破《やぶ》けた本を見下ろし、瑞穂《みずほ》がくくっと笑った。

「マジ？　あたしのせいじゃないからね」

瑞穂《みずほ》は持っていた本を、雑《ざつ》な態度《たいど》であたしの胸《むね》に押《お》し付《つ》ける。

その瞬間《しゅんかん》、六年生のころの記憶《きおく》が一気によみがえってきた。

雨の降《ふ》っていた、放課後の教室。窓際《まどぎわ》の席で、本を読んでいた澤口《さわぐち》。

指先で、やさしくページをめくるしぐさ。ランドセルにしまうときの、丁寧《ていねい》な手つき。

澤口《さわぐち》は読んでいた本を、大切に大切に扱《あつか》っていた。

それは澤口《さわぐち》の「好きなもの」だから――

あたしは息を吸《す》い込《こ》み、まっすぐ瑞穂《みずほ》を見つめる。

どうしようもなく腹《はら》が立って仕方なかった。

――パチンッ。

つめたい音は、思ったよりもずっとずっと、教室のなかに響《ひび》き渡《わた》った。

あたしの前で瑞穂《みずほ》はぼうぜんとしていて、まわりの子たちも目を丸くしている。

ただ澤口《さわぐち》だけが、いつもと変わらず飄々《ひょうひょう》と立っていた。

「な、なにすんのよ……」

瑞穂《みずほ》があたしに殴《なぐ》られた頬《ほお》を押《お》さえてつぶやいた。その声とポニーテールがわなわなと震《ふる》えている。あたしはそんな瑞穂《みずほ》の目を、しっかり見つめて口を開く。

「謝《あやま》ってよ。澤口《さわぐち》に」

「は？」

「澤口《さわぐち》に謝《あやま》って！」

瑞穂《みずほ》があたしをにらみつけた。だけどあたしは目をそむけない。ぜったいにそむけたりしない。

いままでずっと言えなかった。仲間はずれにされるのがいやで。ひとりぼっちが寂《さび》しくて。瑞穂《みずほ》がこわくて。

でもずっと、そんな自分が嫌《きら》いだった。

だからもう、やめるんだ。

瑞穂《みずほ》のあとにくっついて、へらへら笑っている自分には、もう戻《もど》りたくない。

あたしが歯を食いしばってにらみ返していると、瑞穂《みずほ》のほうが目をそらした。

「あ、あんたが引っぱったからじゃん。ひとのせいにしないでよ。バッカじゃないの！」

そう言い残し、瑞穂《みずほ》が教室を飛び出していく。

「あっ、瑞穂《みずほ》！」

「待って！」

数人の女の子が追いかけて、教室を出ていった。でも多くの子はなにも言わず、気まずそうにぱらぱらと、あたしのそばから離《はな》れていく。数人からの、憐《あわ》れむような視線《しせん》をなんとなく感じる。

あたしは本を胸《むね》に抱《だ》きしめ、ゆっくり瞳《ひとみ》を動かした。

腹《はら》が立ったのは、瑞穂《みずほ》に対してだけじゃない。

澤口《さわぐち》にひどいことをした自分。

ひとの作品を盗《ぬす》んだ自分。

臆病《おくびょう》で、嘘《うそ》つきで、逃《に》げてばかりだった自分。

謝《あやま》らなきゃいけないのは、あたしのほうだ。

澤口《さわぐち》はそんなあたしのことをじっと見ていた。

あたしは振《ふ》り絞《しぼ》るように声を出す。

「澤口《さわぐち》……」

だけど澤口《さわぐち》はなにも言わずに、ぎこちない空気の漂《ただよ》う教室から出ていった。


「ま、待って！」

澤口《さわぐち》はどんどん廊下《ろうか》を歩いていく。あたしはそのあとを走る。

気づいたらあたしも教室を飛び出して、澤口《さわぐち》を必死に追いかけていた。

「澤口《さわぐち》！　待ってよ……」

あたしが叫《さけ》んでも、澤口《さわぐち》は振《ふ》り向《む》こうともしない。

怒《おこ》ってるよね？　怒《おこ》ってるに決まっている。

あたしは破《やぶ》けてしまった本を、強く胸《むね》に抱《かか》える。

今度こそほんとうに、澤口《さわぐち》はあたしに振《ふ》り向《む》いてくれないかもしれない。

なんだか泣きたくなったけど、奥歯《おくば》を噛《か》みしめてあとを追う。

放課後のにぎやかな廊下《ろうか》を突《つ》き進《すす》む。部活に向かう生徒や家に帰る生徒が、騒《さわ》ぎながら教室から出てきて、あたしたちとすれ違《ちが》う。

廊下《ろうか》の角を曲がり、ひと気のない北棟《きたとう》への渡《わた》り廊下《ろうか》まできて、澤口《さわぐち》はやっと立ち止まった。

北棟《きたとう》は部活で使っている教室もないから、この時間、ここを通る生徒はほとんどいない。

あたしも息を切らしながら足を止め、澤口《さわぐち》の背中《せなか》に声をかける。

「あの……澤口《さわぐち》……」

澤口《さわぐち》は背中《せなか》を向けたまま、なにも答えない。あたしの胸《むね》がぎゅうっと痛《いた》くなる。

だけどあたしは澤口《さわぐち》の本を抱《だ》きしめ、もう一度声を押《お》し出《だ》す。

「澤口《さわぐち》……この本……」

すると澤口《さわぐち》の背中《せなか》が小刻《こきざ》みに震《ふる》えた。静かな渡《わた》り廊下《ろうか》に、「くくっ」と押《お》し殺《ころ》すような笑い声が聞こえる。

「……え？」

もしかして……笑ってる？

あたしはいそいで澤口《さわぐち》の前へまわり込《こ》む。すると澤口《さわぐち》が文字どおりお腹《なか》を抱《かか》えて笑っていた。

「あっははは っ！」

どうして？　なんで笑っているの？　しかも聞いたこともない大声で。

ぼうぜんと立ちつくすあたしに、澤口《さわぐち》がおかしそうに言う。

「あんなことして大丈夫《だいじょうぶ》なのかよ。あんた、明日からさぁ……」

あたしの耳に「パチン」という音がよみがえる。

誰《だれ》かのほっぺたをぶったのなんて、生まれてはじめてだ。しかも相手はあの瑞《みず》穂《ほ》。それもクラス中の生徒が見ている前で。

いまさらながら、背筋《せすじ》がすうっとつめたくなる。

あたし、なんて大胆《だいたん》なことをしてしまったんだろう。

だけど後悔《こうかい》はしていない。あのとき、澤口《さわぐち》の目を見て、変わるって決めたんだ。

自分の「好きなもの」を「好き」って言える、なりたかった自分になるって決めたんだ。

「だ、大丈夫《だいじょうぶ》じゃないけど……」

「だろうな」

「なんで笑うのよ」

「いや、ほんとに、あんたバカだよなぁって思って……」

バカって……たしかにあたしはバカなことをしたけれど……そんなにはっきり言わなくてもよくない？

あたしは口をとがらせる。

「なによ、その言い方！　どうしてあたしがあんなことしたか……」

そこまで言って、腕《うで》のなかに抱《だ》きしめていた本を思い出す。

視線《しせん》を向けると、無残に破《やぶ》けた表紙が目に映《うつ》った。途端《とたん》に、申《もう》し訳《わけ》なさでいっぱいになる。

「……ごめんなさい。この本、弁償《べんしょう》するよ」

すると澤口《さわぐち》が笑うのをやめて、あたしを見た。そしてあの、落ち着いた大人っぽい声で言う。

「いいよ。弁償《べんしょう》なんかしなくて」

「ううん、する！　あたしのせいだもん。本屋さんで新しいの買って、澤口《さわぐち》に渡《わた》す！」

「いいって……」

澤口《さわぐち》が手を伸《の》ばして、あたしから本を取ろうとする。だけどあたしはそれを、胸《むね》にぎゅっと抱《だ》きしめた。

澤口《さわぐち》のこの本を、いまは離《はな》したくなかったのだ。

「だからその代わり……この本あたしにちょうだい」

澤口《さわぐち》がきょとんとした顔であたしを見ている。

「澤口《さわぐち》には新しいの買って渡《わた》すから。これはあたしにちょうだい」

しばらく黙《だま》っていた澤口《さわぐち》が、あきらめたような声を出した。

「……あんたがそうしたいなら」

あたしはほっとして深く息を吐《は》く。

「ありがとう。この本は、あたしのお守りにする」

顔を上げたら、澤口《さわぐち》と目が合った。眼鏡《めがね》をかけていない澤口《さわぐち》の目は、あのころと同じようにきれいに見えた。

それにいつも猫背《ねこぜ》だったからわからなかったけど、こうやって正面に立ってみると、澤口《さわぐち》はあたしよりずっと背《せ》が高い。小学生のころは、あたしと変わらなかったはずなのに。

知らなかったな。あたしは澤口《さわぐち》のこと、まだなんにも知らないんだ。

「やっぱりあんた……バカだよ」

澤口《さわぐち》がぼそっとつぶやく。あたしは澤口《さわぐち》に向かって、ぎこちなく微笑《ほほえ》む。

廊下《ろうか》の向こうから、生徒たちの笑い声が響《ひび》いてきた。さっきの教室でのできごとを思い出し、胸《むね》がきゅっと痛《いた》む。

明日からあたしは、どうなるのかわからないけど。でももう嘘《うそ》はつかない。

狭《せま》くて息苦しい教室のなか、あたしは溺《おぼ》れながらも底を蹴《け》りつけ、浮《う》かび上《あ》がるしかないのだ。

校舎《こうしゃ》にチャイムが響《ひび》きわたる。部活動がはじまって、吹奏楽部《すいそうがくぶ》の楽器の音が聞こえてくる。

渡《わた》り廊下《ろうか》の窓《まど》から西日が差《さ》し込《こ》み、あたりが淡《あわ》い金色に染《そ》まった。キラキラとしたやわらかい光が、やさしくあたしたちを包《つつ》み込《こ》む。

あの日の、図書館のように。

「澤口《さわぐち》、あたしね」

目の前に立つ、澤口《さわぐち》の瞳《ひとみ》に向かって口を開く。

「あたし、あのサイトのアカウント消したの。悪いことしたって反省してる。すごく」

ほんとうはアカウントを消したって、あたしのしたことは消えない。でもいまのあたしにできることは、それくらいしか思いつかなかったのだ。

すると澤口《さわぐち》はあたしに向かって、言い聞かせるように言った。

「そうだな。あんたは人間として最低なことをした。ばれなきゃいいってもんじゃない」

「うん……」

「それに無断転載《むだんてんさい》は法律違反《ほうりついはん》だからな。反省して、当分投稿《とうこう》はするな」

「うん。もうやめる。投稿《とうこう》するのも、書くのも」

もうネットに投稿《とうこう》はしない。小説も書かない。

みんなにちやほやされていたあの世界は、まぼろしだったんだ。あたしはまた、つまらない中学生の女の子に戻《もど》るだけ。

澤口《さわぐち》は少しの間、なにか考《かんが》え込《こ》んでいたけど、やがてぽつりとつぶやいた。

「いや、でも……書くのはやめるなよ」

「え？」

その言葉に、あたしは顔を上げた。澤口《さわぐち》は真面目な表情《ひょうじょう》で、じっとあたしを見つめて言った。

「書くの、好きなんだろ？」

澤口《さわぐち》の声を聞いて考える。

好きなのかな？　あたしはほんとうに、好きだから小説を書いていたのかな？　なんだかもう、わからない。

でも毎日物語を考えて、それを文字にする時間はほんとうに楽しかった。スマホでゲームしているときとも、クラスメイトとおしゃべりしているときとも違《ちが》う。あたしだけの大切な時間だった。それは嘘《うそ》じゃない。

「おれ、あんたの選ぶ言葉、好きだったからさ」

あたしの胸《むね》に、澤口《さわぐち》の声が染《し》み込《こ》んだ。体の奥《おく》が、ぽかぽかとあったかくなっていく。

それはネットのなかで聞いたどんな褒《ほ》め言葉《ことば》よりも、うれしくて、あたたかくて、しあわせに感じた。

「ありがと……澤口《さわぐち》」

目の前に、あたしを見ている澤口《さわぐち》の顔が見えた。西日が当たった澤口《さわぐち》の顔は、すごくきれいだ。

急に顔がほてって、あたしはさりげなく視線《しせん》をそらした。

「でも、あたし……もう書けないかもしれない」

どうやって書けばいいのか、わからない。夢中《むちゅう》になっていた小学生のころのように、あたしはもう書けないかもしれない。

だけど澤口《さわぐち》はあたしに言った。

「そのうちまた書けるようになるよ」

「そうなのかな……」

「ああ、たぶん。書けたらまた読ませてよ」

あたしはもう一度、澤口《さわぐち》の顔を見る。じんわりと、目の奥《おく》が熱くなる。

「澤口《さわぐち》」

鼻をすんっとすすってから、澤口《さわぐち》の正面に体を向けた。渡《わた》り廊下《ろうか》のまんなかで、まっすぐ向き合う。目をそむけずに、その黒い瞳《ひとみ》を見つめる。

「ごめんなさい」

そう言って頭を下げた。

「でも」も「だけど」も「だって」も……もう言わない。

もう言《い》い訳《わけ》はしない。

「六年生のとき、あたし澤口《さわぐち》に、ひどいこと言った。ほんとうにごめんなさい」

あたしの声が、ふたりだけの廊下《ろうか》に響《ひび》く。

澤口《さわぐち》の返事は聞こえない。心臓《しんぞう》の音が、目の前の澤口《さわぐち》に聞こえてしまいそうなほど、ドキドキしている。

あたしはゆっくりと顔を上げた。澤口《さわぐち》は黙《だま》ってあたしを見ている。

自分のまちがいを認《みと》めるのは、すごくこわい。それでもあたしはもう逃《に》げない。

逃《に》げないで、その目をしっかりと見つめる。

澤口《さわぐち》になんて言われても、素直《すなお》に受け入れようと思った。

やがて、澤口《さわぐち》の唇《くちびる》が静かに動く。

「……わかった」

胸《むね》の奥《おく》から、熱いものがこみ上げてくる。短く息を吸《す》い、声を押《お》し出《だ》す。

「澤口《さわぐち》……あたしのこと許《ゆる》してくれるの？」

澤口《さわぐち》と目が合う。あたしは泣きそうになるのを、ぐっとこらえる。

「おれ、放課後は図書室にいるから。当番じゃない日も」

澤口《さわぐち》が言った。

「行くとこなければ、くれば？」

その声と視線《しせん》がすごくやさしくて、こらえていたはずの涙《なみだ》がぽろっとこぼれた。

「うん。行く」

あたしは目元をぐいっとこすって、下手《へた》くそな笑顔《えがお》を見せる。

「ありがとう。澤口《さわぐち》」

雨が降《ふ》っていた日の、放課後の教室。ひとりぼっちで本を読んでいた澤口《さわぐち》。

『金だけ与《あた》えてほったらかし。まぁ、いいけど』

お父さんやお母さんとも、上手《うま》くいってないように感じた。

もしかして澤口《さわぐち》も行くところがないのかな、なんて、ちょっとだけ思う。

校舎《こうしゃ》の奥《おく》から、生徒たちの足音と、笑い声が響《ひび》いてきた。

瑞穂《みずほ》はどうしているだろう。もうケロッとして、仲のいい女の子たちに、あたしの悪口を言っているかもしれない。

だけど謝《あやま》ろう。叩《たた》いたことは悪かった。それだけは瑞穂《みずほ》に謝《あやま》ろう。

「あたし……瑞穂《みずほ》を叩《たた》いたこと、謝《あやま》ってくる」

澤口《さわぐち》の前でそう言うと、澤口《さわぐち》はほんの少し微笑《ほほえ》んで、うなずいた。

「それがいいと思う」

その顔を見て、あたしは思った。

あたしもいつか、澤口《さわぐち》みたいになりたい。

強くて、まっすぐで、きれいで、やさしい、澤口《さわぐち》みたいになりたい。

だからあたしは明日から、自分に正直に生きる。

きっとそれは、痛《いた》みがともなうことかもしれないけれど——誰《だれ》かを傷《きず》つけて、それを後悔《こうかい》しながら生きるより、ずっといい。

誰《だれ》かになにか言われたって、あたしも澤口《さわぐち》みたいに堂々《どうどう》としてみせる。

「じゃあな」

渡《わた》り廊下《ろうか》で澤口《さわぐち》が言った。

なんとなく名残惜《なごりお》しい気がしたけど、あたしも口を開く。

「うん。また明日ね」

あたしの声に、澤口《さわぐち》は一瞬驚《いっしゅんおどろ》いたような顔をして、でもすぐに答えてくれた。

「ああ。また明日」

また明日、あたしは澤口《さわぐち》に会える。会っていいんだ。

胸《むね》のなかが、じんわりとあたたかくなる。

ひと気のない、放課後の渡《わた》り廊下《ろうか》。

野球部の、金属《きんぞく》バットの音がキンッと響《ひび》く。

サッカー部の、元気のいいかけ声が聞こえる。

吹奏楽部《すいそうがくぶ》の、ロングトーンがはじまる。

合唱部の、のびやかな歌声が流れてくる。
薄暗《うすぐら》い校舎《こうしゃ》に入っていく澤口《さわぐち》の背中《せなか》を、見えなくなるまで見届《みとど》けた。
淡《あわ》くてやさしい光のなか、あたしの影《かげ》が長く伸《の》びる。
「あたしも戻《もど》ろ」
瑞穂《みずほ》たちのいる、あの狭《せま》い、水槽《すいそう》のなかに――
だけどあたしは、浮《う》かび上《あ》がって泳いでみせる。
下手《へた》くそでも、カッコ悪くても、自由に泳いでみせる。
自分の好きなものを、好きって言える。いやなものは、いやって言える。
なりたかった自分になるんだ。
澤口《さわぐち》の本を抱《だ》きしめて、あたしは金色の廊下《ろうか》を、強く蹴《け》って走り出した。

エピローグ

あざやかな緑に覆《おお》われた、坂道を駆《か》け上《あ》がる。あたしの頭の上からは、ミンミンゼミの鳴き声が、大音量で降《ふ》ってくる。

「暑っ……」

蒸《む》し暑《あつ》くて、坂道の途中《とちゅう》で立ち止まった。ふと顔を上げると、緑の木々のすきまから、真夏の真っ青な空が見えた。あたしは額《ひたい》の汗《あせ》をハンカチで拭《ぬぐ》い、トートバッグから水筒《すいとう》を出して、ごくごく飲む。

中学二年生の夏休みは、いつもの夏休みと違《ちが》った。

瑞穂《みずほ》たちに誘《さそ》われて、誰《だれ》かの家でだらだらおしゃべりすることも、いやいや宿題を教えることも、食べたくないパフェを食べに行くこともない。

その代わり、あたしは毎日ここに来る。

肩《かた》にかけたトートバッグのなかには、宿題とスマホと何冊《なんさつ》かの本。そこに水筒《すいとう》をしまうと、あたしはまた足を動かす。

長い坂道のてっぺんに、白い建物が見えてきた。市立図書館だ。

あたしは肩《かた》のバッグをかけなおし、いきおいよく地面を蹴《け》った。


ひんやりと冷房《れいぼう》のきいた館内に入ると、あたしは迷《まよ》わず、児童コーナーへ向かった。静かな空間は本の匂《にお》いに包まれている。やっぱりここはすごく落ち着く。

高い本棚《ほんだな》の陰《かげ》から顔を出すと、赤いソファーとそこに座《すわ》っている男の子の姿《すがた》が見えた。

「澤口《さわぐち》！」

小さく呼《よ》びかけ、手を振《ふ》りながら近づいていく。あたしの声に気づいた澤口《さわぐち》が、ゆっくりと顔を上げる。

黒いTシャツにハーフパンツ姿《すがた》。あいかわらずちょっと背中《せなか》を丸めて、膝《ひざ》の上に大きめの本を広げている。

なんの本を読んでいるんだろう。すごく気になる。

あたしはそっとそばに寄《よ》り、ささやきかける。

「なに読んでるの？」

澤口《さわぐち》があたしを見て、驚《おどろ》きもせず、いつものつまらなそうな口調で答える。

「子どものころ、好きだった絵本」

澤口《さわぐち》が表紙を見せてくれた。海のなかを泳ぐ魚のお話だ。

「あ、知ってる！　あたしもこれ好きだった！」

「しー」

思わず叫《さけ》んでしまったあたしの前で、澤口《さわぐち》が指を一本立てて口元に当てた。

「図書館では静かに」

「……ごめん」

またやってしまった。あたしだけ興奮《こうふん》しているみたいで恥《は》ずかしい。

すると澤口《さわぐち》が、体をソファーの端《はし》に寄《よ》せた。澤口《さわぐち》のとなりに、ひとが座《すわ》れるスペースができる。あたしはトートバッグを胸《むね》に抱《かか》えて、そこにそっと腰《こし》かけた。

夏休みだからか、図書館のなかは子どもが多い。

あたしたちの前を、小さな子どもの手を引いた、お母さんが通る。子どもは絵本を抱《かか》えて、うれしそうな顔をしている。

「あたし、その本、よくお母さんに読んでもらってたんだ」

今度は騒《さわ》がしくないよう注意して、澤口《さわぐち》にささやいた。

「何度も何度も『読んで』って頼《たの》むから、『お母さん、違《ちが》う本が読みたいんだけど』なんて言われちゃって……」

小さいころを思い出し、くすっと笑いがもれる。

昔読んでいた本を見ると、それを読んでいたときの風景、匂《にお》い、感じた気持ちなどが、次々とよみがえってくる。

夜寝《ね》る前に、読んでもらう絵本を選ぶ、わくわくした気持ち。絵本を読んでくれたお母さんの、やさしい声。ちょっと古い本の、どこか懐《なつ》かしい匂《にお》い。お母さんと一緒《いっしょ》にもぐった布団《ふとん》の、あたたかいぬくもり。

あざやかな色彩《しきさい》に見とれてしまったことや、こわーいおばけの絵に驚《おどろ》いたこと。冒険《ぼうけん》に出かける前のドキドキした気持ちや、主人公と一緒《いっしょ》にうれしくなった気持ち――

懐《なつ》かしい思い出にひたるあたしのとなりで、澤口《さわぐち》はなにも言わないまま、指先でページをめくっている。

澤口《さわぐち》はどうだったのかな？　どんな思い出があるのかな？

澤口《さわぐち》と並《なら》んで、じっと本に描《か》かれた絵を見ていたら、ぼそっと声が聞こえた。

「おれはいつもひとりで読んでた」

となりに座《すわ》る澤口《さわぐち》を見る。澤口《さわぐち》は本の絵を見つめたままだ。

小学生のころ、いつもひとりで本を読んでいた澤口《さわぐち》の姿《すがた》を思《おも》い浮《う》かべ、なんとなく寂《さび》しい気持ちになる。

あたしは澤口《さわぐち》の横顔に向かって、思い切って口を開いた。

「じゃあさ、今日はふたりで読もうよ」

澤口《さわぐち》がはっとした表情《ひょうじょう》で、こっちを見た。澤口《さわぐち》の瞳《ひとみ》にあたしが映《うつ》って、なんだか照れくさくなる。すると澤口《さわぐち》が自分のリュックをごそごそとあさりはじめ、なかから一冊《さつ》の本を出し、あたしの前に差し出した。

「あっ、あのシリーズの新刊《しんかん》！　もう出てたんだ」

そっと澤口《さわぐち》の本を受け取る。澤口《さわぐち》はうなずいて、あたしに言った。

「よかったら読む？」

「いいの？」

「おれはもう読んだから」

あたしは手にとった本をじっと見つめて、小さくつぶやく。

「でも……いつも澤口《さわぐち》の本、読ませてもらってばかりで悪いな」

「いいよ。おれもいつも、読ませてもらってるから」

澤口《さわぐち》はポケットのなかからスマホを取り出し、メッセージアプリの画面を開いた。そこに書かれてあるのは、あたしの書いた小説。

あたしはまた、勉強の合間に小説を書きはじめていて、書けたら澤口《さわぐち》だけに、メッセージで送っているのだ。だからいま、あたしの読者は澤口《さわぐち》だけ。

でも澤口《さわぐち》は、ちゃんとあたしの作った物語を読んでくれる。バカにしたり、からかったりしない。そして必ずひと言、思ったことを伝えてくれる。

そのやりとりが、いまは一番楽しいんだけど……。

「や、やだっ、こんなところで、恥《は》ずかしいじゃん！」

「なんでだよ？」

「誰《だれ》が見てるかわからないでしょ？」

あせって、きょろきょろとまわりを見わたす。そんなあたしを見た澤口《さわぐち》がぷっと吹《ふ》き出《だ》す。

「見てたとしても関係ない」

あたしは澤口《さわぐち》の顔を見る。澤口《さわぐち》はあいかわらず落ち着いていて、堂々《どうどう》としている。澤口《さわぐち》のこういうところ、あたしは密《ひそ》かに尊敬《そんけい》しているのだ。

「うん。そうだね」

うなずいて、にっと笑った。

誰《だれ》に見られても、なんと言われても、あたしたちには関係ない。

あたしたちはあたしたちの「好きなこと」をしているだけだ。

そんなふうに思えるようになったのは、澤口《さわぐち》に出会えたから。

澤口《さわぐち》はスマホの画面を閉《と》じると、ポケットにしまいながらつぶやいた。

「おれ、やっぱりあんたの言葉選びも、作った物語も、好きだな」

「えっ」

「続きも、楽しみにしてる」

胸《むね》がじいんっと熱くなった。

学校のことも、瑞穂《みずほ》たちのことも、これからのことも、まだまだ考えることはたくさんある。

だけどきっと大丈夫《だいじょうぶ》だ。なりたい自分に、なれている気がするから。

自分に素直《すなお》に、自分の好きなことをやろう。

そう思ったときに、もっと小説を書きたいって思った。

「……ありがとう。澤口《さわぐち》」

澤口《さわぐち》はなにも言わず、膝《ひざ》の上の絵本を閉《と》じた。もう読まないのかな、と思って表紙をながめていると、澤口《さわぐち》があたしに言った。

「最初から読もうか。ふたりで」

顔を上げると、また澤口《さわぐち》と目が合った。あたしは作り物なんかじゃない、本物の笑顔《えがお》で澤口《さわぐち》に答える。

「うん！　読もう！」

澤口《さわぐち》の指先が、本の表紙をやさしくめくる。

物語のはじまり。これからどんなことが起きるのだろうって、ワクワクする。

それは楽しいこと？　こわいこと？　かなしいこと？　うれしいこと？

あたしも主人公と一緒《いっしょ》になって、物語の世界に飛《と》び込《こ》むんだ。

となりの澤口《さわぐち》も、あたしと同じように、ワクワクしているといいな。そしていつかまた、この本を開いたとき、あたしのことを思い出してくれるといいな。

館内が、やさしい光に包まれる。

たくさんの本の匂《にお》い。ページをめくる、かすかな音。ほんの少し触《ふ》れ合《あ》う、あたしと澤口《さわぐち》の肩《かた》のぬくもり。

この場所は、息苦しい教室と違《ちが》って、すごく気持ちがいい。

いまここにいるあたしは、きっと澤口《さわぐち》と同じように、美しく泳げているはずだ。

〈著者略歴〉

水瀬さら（みなせ　さら）

神奈川県出身、在住。『あの日、陽だまりの縁側で、母は笑ってさよならと言った』（アルファポリス）で作家デビュー。『涙の向こう、君と見る桜色』（ポプラ社）で第３回ピュアラブ小説大賞〈大賞〉を受賞。著書に『青い風、きみと最後の夏』（スターツ出版）『神様のお手伝いっ！　恋の赤い糸、結びます』（ポプラ社）、『君が、僕に教えてくれたこと』（マイクロマガジン社）などがある。

イラスト ● potg
デザイン ● 野条友史＋小原範均（BALCOLONY.）
組版 ● 株式会社 RUHIA

カラフルノベル

溺《おぼ》れながら、蹴《け》りつけろ

2023年 8 月 21 日　第 1 版第 1 刷発行

著　者　水瀬さら
発行者　永田貴之
発行所　株式会社ＰＨＰ研究所
東京本部 〒135-8137 江東区豊洲5-6-52
児童書出版部 ☎03-3520-9635（編集）
普及部 ☎03-3520-9630（販売）
京都本部 〒601-8411 京都市南区西九条北ノ内町11
PHP INTERFACE　https://www.php.co.jp/
印刷所　株式会社精興社
製本所　株式会社大進堂

ISBN978-4-569-88125-6

NDC913　191P　20cm